飞扬·青春校园记忆美文精选

烟花忘记了

省登宇 主编

国际文化出版公司
·北京·

图书在版编目（CIP）数据

烟花忘记了 / 省登宇主编 . 一北京: 国际文化出版公司，
2012.6（2024.5 重印）
（飞扬·青春校园记忆美文精选）
ISBN 978-7-5125-0356-4

I. ①烟…　II. ①省…　III. ①散文集－中国－当代
②短篇小说－小说集－中国－当代　IV. ① I217.1

中国版本图书馆 CIP 数据核字（2012）第 065405 号

飞扬·青春校园记忆美文精选·烟花忘记了

主　　编	省登宇
责任编辑	郑湫璐
统筹监制	葛宏峰　李典泰
策划编辑	何亚娟　周　贺
美术编辑	刘洁羽　王振斌
出版发行	国际文化出版公司
经　　销	国文润华文化传媒（北京）有限责任公司
印　　刷	三河市同力彩印有限公司
开　　本	700毫米×1000毫米　　　　16开
	9.25印张　　　　　　　　124千字
版　　次	2012年6月第1版
	2024年5月第2次印刷
书　　号	ISBN 978-7-5125-0356-4
定　　价	38.00元

国际文化出版公司
北京市朝阳区东土城路乙9号　　邮编：100013
总编室：（010）64270995　　传真：（010）64270995
销售热线：（010）64271187
传真：（010）84271187-800
E-mail：icpc@95777.sina.net

CONTENTS 目录

第 1 章 烟花忘记了

烟花忘记了 ◎文 / 王天宁　　　006

你在那一刻患过风伤 ◎文 / 方慧　012

凌空绽放的旧时光 ◎文 / 张晓　024

高三一出戏 ◎文 / 丁戚　　030

教师散记 ◎文 / 刘创　　　036

第 2 章 最初的理想

阁楼 ◎文 / 徐利　　　　　046

小镇记忆 ◎文 / 晏耀飞　　049

最初的理想 ◎文 / 张晓　　052

邂逅一场旋律 ◎文 / 方慧　057

做客 ◎文 / 柳敏　　　　　060

如果有一天，你梦想成灰 ◎文 / 谢文艳 064

第3章 杂碎点点

我爱你，再见 ◎文 / 刘创　　072

杂碎点点 ◎文 / 宋南楠　　087

我走后的日子 ◎文 / 丁威　　095

醉红色 ◎文 / 张烜怡　　100

当时光转身 ◎文 / 方慧　　104

勿忘心安 ◎文 / 王天宁　　113

第4章 烟波微蓝

烟波微蓝 ◎文 / 谢文艳　　118

病 ◎文 / 张烜怡　　123

1、2、3，请闭眼 ◎文 / 刘文娇　　128

草书 ◎文 / 张迹坤　　132

甲骨裂 ◎文 / 唐有强　　141

目录 CONTENTS

第1章

烟花忘记了

这时拥有轻微的叹息，烟花便有了热度，逐渐温暖起来

烟花忘记了 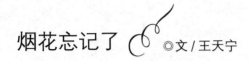 ◎文 / 王天宁

对烟花的印象，一直是"升上天空后爆炸，绽放成花朵的形状，同时伴有轻微响声"。在新年或节日庆典，它反复出现。

多年后我站在寒冷的夜空下，仰起头，烟花在眼前爆开。只是视角不同而已。它的颜色、形状，一成不变地铺展在眼前。

升腾的、升腾的，夹杂地面上的鼓掌欢呼。五颜六色，闪闪发光，像一颗小小的种子飞入天空绽成花朵。无论站在哪里看，烟花都显得热烈而壮观。

然而我自小就是喜静的人，对烟花爆竹之类的毫不在意。"大年三十"或"破五"的晚上，爆竹声响成一片，很吵，我把电视机音量开到最大。有细微的冷风吹进房间。起身关窗时，看到外面是被烟花映红的天空。

想来烟花似乎是美妙的。跟乱七八糟的鞭炮不一样，它在空中默默开放，默默陨落。它打开时是庞大的闪亮球体，像眼睛一样一眨不眨地注视着世界。若这时拥有轻微的叹息，烟花便有了热度，逐渐温暖起来。

不知为何，我总觉得烟花是冷的。

它在空中被风吹得偏移了位置。有的沾染满身冬天的潮气，未爆开就早早坠落下来。在黑暗中看到微

红的小光点，无限遗憾地落到半空，寻不见踪影——那都是夭折的烟花。

烟花留给我最初的记忆，并不是那么美好。

很小的时候，爸妈带我去潍坊，恰赶上当地的风筝节。四月里晴好的天，夜晚降临后有明亮的星星，夜不那么黑，星星映照处透出微微的光。满天是带夜光的风筝，像龙一样盘旋飞舞，流光溢彩，或是安装小小的灯，闪闪烁烁像一串星。

庆典结束后体育馆上空燃起烟花。爸妈坐在我旁边，四处是响亮的欢呼喝彩。我扬起头，大片的烟花仿佛要掉下来。不知是因为恐高还是其他原因，烟花跟着微凉的天空一起旋转起来。

我抓住爸妈的手，大声嚷嚷："烟花要掉下来了，要掉下来了！"

说话间，真有细小的物质落进眼里。我以为那是烟花的粉末，嚷嚷得更起劲了。那一刻是恐惧的，我想着巨大的烟花砸在身上，人会被烧成什么样，不禁把头埋进妈妈怀里，小声嘟囔，似乎还流了眼泪。

"没事的，别怕啊。"

不知是我爸，还是我妈，把手放在我背上。拍两下，顿一顿，又拍两声。我听到妈妈的轻声安慰，渐渐安静下来。

后来爸爸又摸摸我的头，叫着我的名字，让我往上看。

我不敢，抬起头瞄了一眼，又惊恐地把脸埋下去。

绚烂的烟花，爆破时开满天，五彩斑斓。妈把我抱在怀里，对我说："烟花不会掉下来，你看，多美啊。"

当我真正鼓起勇气抬头看一眼时，烟花表演却结束了。人们纷纷起身离开。我趴在爸的背上，扑面涌来四月温暖的风，携带燃烧后余烬的味道。

夜色渐浓。妈一直用手托着我的屁股。走一段路，又轻声细语对我说烟花燃放的原理。

朦朦胧胧的，夜空中似乎升上许多风筝。夜光的，深深浅浅的绿，像龙一样摆动身体。

那一串串，闪闪烁烁的，都是星星。

我站在窗前，烟花似乎永远不尽。闪耀的、上升的、爆炸后绚烂的色彩。

想起长大后的事，放假时学校都会发通知，好像寒暑假也要把我们攥在手里，要我们乖乖听话。粉红色的纸，传到手里时往往字迹还没干，一抹就是一大片。

信上布置寒暑假的实践作业，忘不了填上假期要注意安全的事项。"禁止燃放烟花爆竹"，这行字底被画了横线，是特别严重、特别重要的意思。

毕竟放假了，再严重再重要的警告，小孩子也不会在意。邻居家的小孩拉着我出去放烟花，但我不感兴趣，觉得这东西吵。然而他硬塞到我手里，是那种能举着放的小烟花。燃烧时向外冒一簇簇火星，呼呼的声音像流水。

闪光。明亮。把巨大的花朵拿在手里，有时旋转一两圈，火星四处飞溅。

第二天清早被我妈揪着耳朵叫醒。她指着叫我看新衣服上的洞。

那些洞大大小小，外缘漆黑，内部是深深浅浅的灰白色。洞都是被烧的。

我说不出话来。把脸扭过来扭过去，不敢看我妈的眼。

"是玩烟花烧的吧？"我妈问我，把我从床上拉起来。"是吗？"她又重复一遍，一眨不眨盯着我的脸。我还是不敢说话，愧疚和害怕在心底绕来绕去，最终粘成软绵绵的语气，颤巍巍地应道："嗯。"

"这是新衣服啊。"她把被子从我身上掀开，扯着我的胳膊把我拉下床，把旧衣服扔过来，"呼"的一声盖到我脸上。

不知她是不是因为刚洗过菜，手心很凉。窗外是朦朦胧胧未亮透的天空，临近年关，"噼噼啪啪"的爆竹声从远方传来，空闷的响声，震颤我的心。我低下头，胳膊上被我妈抓过的地方，慢慢露出红色。

很疼，却不敢动，我就一直站在原地。我妈给我叠被子，掀起抖落时有细小的尘埃四处飞舞。停下时她又侧过头看我两眼："过年也不让家长省心。以后别想让我给你买新衣服。"

我想争辩，却不知说什么。暖气很足，但身上感觉冷。

新衣服上一个个洞，都在嘲笑我。我伸手想把它拿起来，想了想，又把手放下了。

第二年过年时回到了老家。

老家没有暖气，整日缩手缩脚。但寒冷自有它的好处，雪落在屋顶上长久不化。房檐下结着冰凌，阳光照在上面散发出一层层复杂的光晕。

雪房子。下雪时，我站在远处看。屋檐屋顶，挂锁的门闩，墙角垂着的小铃铛，哪里都是白，朦朦胧胧的白。

年夜饭后被叫出去放烟花。我不敢放。去年新衣上的洞还在眼前，大大小小，深深浅浅。

我在风里跺着脚，往手里哈气，又摆手拒绝了递过来的小烟花。我站在那里，对姑姑说："你们放好了，我看着就行。"

我妈在近旁，她回头看我一眼，没说话。晚风把她的头发吹得很乱。

"没事，很安全的，这是冷火。"姑姑对我说，又示意我，"拿着。"

我犹犹豫豫，不敢去接。燃尽的火花落在地上，微微的火光，浅浅的红色。被风一吹，忽然亮起来。一会儿又黯淡下去。

熄灭的火药末，在风里四处散开。

"姑姑给你的，拿着吧。"我妈从姑姑那里把小烟花接过来，递给我。

还是犹疑，把手举离身子老远。细细的烟花棒，藏青色，点燃时是渺小的火星，安静燃烧。

冷火。我想起姑姑的话。她像个小孩，举着烟花旋转，往表弟手里塞了好几根。我忍不住把指尖放在火星旁边，果然没有温度。小小的亮光溅到手上，转瞬没了光彩。但忽然感到指尖麻，又立马把手缩回去。

所谓"冷火"，却不真的"冷"。

下雾了，四处茫茫的白。烟花棒燃尽后是炭黑色，握在手里很长时间，直到一点温度也没有，像四处的冷空气一样冰凉，才把它扔进黑暗的角落里。

姑姑和小表弟玩得很开心。我没再向她要烟花，和我妈跺着脚踩在冬天坚硬的地面上，远处回响着除夕的鞭炮，姑姑和小表弟把玩着烟火棒，小小的光，小小的明亮。雾气飘飘荡荡，火光映在上面格外生动。

我叹口气，羡慕得眼圈都快红了。

夜深后爆竹更加热闹。天空不停变换颜色，窗户被震得"咣咣"响，而我却睡着了。

在床上翻来覆去，梦境不踏实，不自由。小时候的自己，长大后的自己，不停变化。我坐在体育馆的座椅上，屁股下凉凉的，因为大团美丽的烟花小声哭起来。

我站在雾气飘荡的黑暗中，两手空空，看着亲人们把玩烟花棒，心底堆砌满满的羡慕，快要溢出来了。

而后我又站在空地上，诺大的天地间只有我自己。大团烟花在我头顶绽开，它的颜色、形状美丽如初。耳畔吹进冰凉的风，我抬头的瞬间嘴巴鼻子呵出大团白汽。烟花逐渐落下来，但没有熄灭，保持燃放的姿态，凝结住了，小小地绽放在我手心里。

深深浅浅的梦境，一直有一首歌作为背景音，是 Westlife 的《Home》："Let me go home..."

不在意不代表忘记。

只是那些冰凉的记忆，冰冷的火光，烟花都已忘记了。

作者简介
FEIYANG

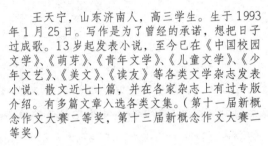

　　王天宁，山东济南人，高三学生。生于1993年1月25日。写作是为了曾经的承诺，想把日子过成歌。13岁起发表小说，至今已在《中国校园文学》、《萌芽》、《青年文学》、《儿童文学》、《少年文艺》、《美文》、《读友》等各类文学杂志发表小说、散文近七十篇，并在各家杂志上有过专版介绍。有多篇文章入选各类文集。(第十一届新概念作文大赛二等奖，第十三届新概念作文大赛二等奖)

你在那一刻患过风伤　◎文/方慧

一

　　曾经连续半年，每一个夜晚你都被噩梦困扰。醒来的时候全身无法动弹，好像有人重重地坐在你身上，刻意压着你。每每挣扎半个钟头，才能缓过来，得以动弹，过好久才能再次渐渐入睡。有人告诉你这叫"鬼压身"。一开始你当然很害怕，时间久了，这种事情遇得多了也就习惯了，怕也懒得去怕了。无聊的时候，还会在挣扎的过程中，在喉咙里轻声和压在身上的那个不知道存在不存在的它说话。

　　而真正让你忘不掉的，却是十三岁那年的夏天，凌晨从噩梦和"鬼压身"中逃脱后，你发现了楼上正在读高中的大姐姐的秘密。你无意中在自己的阳台上听见楼上的大姐姐在阳台背书，有时候是历史，有时候是英语。你为这个发现惊喜不已，从此你夜里异常精神，把落地窗开到最大，用耳朵观察大姐姐每晚从几点背书到几点。每天晚上两点，你能清晰地听见楼上阳台的门被人打开，你知道大姐姐开始活动了。可是你始终无法知道她什么时候结束，因为你总是等不到听见楼上的门被关上就睡着了，第二天醒来则暗暗懊恼不已。

　　你不愿意告诉任何人这个秘密。白天碰见她的时候，你会低着头暗自诡异地笑，好像你知道她的天大的阴谋，她自己却毫无知觉。你为此异常自豪。直到今天你也无法让人相信她这个秘密对你来说有多么大的意义。谁也不知道，你每次见到那个姐姐，就如同见到了一切一切的希望。

那年你发现了一个别人的秘密和别人发现了一个你的秘密，让年轻的你轻易地兴奋上好几天。被你发现了秘密的人就是楼上的大姐姐，而发现了你的秘密的人，是你喜欢的那个小男生。

坐在你前面的小男生总是问你借修正液，一次又一次，到最后你和他都习惯了，他招呼也不用打，把修正液拿起来在你眼前晃一下就直接用。你的修正液买来以后简直就是你们俩人共用的。

有一次你不小心把修正液上面贴的那张包装纸撕开了一个角，包装纸本来就很黏，你把它又黏了上去，你发现黏上去以后和没有撕过是一样的，毫无痕迹。这让一个念头在你脑中一晃而过，你又一次撕开包装纸的角，拿起圆珠笔在里面写了一句诗，"何以解忧，唯有杜康"，然后再把包装纸黏回去。

你为这个小小的游戏窃喜了一会儿就忘了，一个星期以后前座的男生突然撕开了那个包装纸，指着这行字回头问你，"这写的是我吧？"

谁都知道，前座的男生名字叫杜康。你在那一刻脸红到耳根，你能感觉到脸上的皮肤在发烫、燃烧。那几天你的心情兴奋到极点，不是开心得兴奋，而是尴尬羞耻到极点导致的兴奋。至今你还记得杜康一再回头问你为什么要写他，问你在搞些什么。他神色里那么多得意的笑意，好像知道了你的什么不能见人的秘密。

你一句话也没回答他，在你眼里他就是个小魔鬼，他能洞悉你的一切心思，甚至能够控制你的情绪。你想，他一定是上天派来的吧。那个下午你一定到死也忘不掉，那个小魔鬼还你修正液的时候故意从桌子底下递给你，你伸手下去拿的时候，碰到了一只柔软的，清凉的、指尖细细的手，那只手迟疑了零点几秒，然后轻轻地扣住了你的指尖。

你的生命啊，会帮你拼命记住那一刻，你活了十三年从未体味过的欢愉。

你为此整整惊慌失措了大半个夏天，你躲开了杜康的每一个眼神，每一句话。杜康再次问你借修正液的时候发现你总是低着头，茫然地回头问你为什么不理他，你听着这样的疑问愈加不知所措和尴尬，会立刻把脸转向别处。

暑假前夕，全体大扫除，离开的时候杜康站在你的座位旁伸手拦住了你，你亲眼看着那个小魔鬼眼里居然也有着跟你一样的惊慌，茫然，还有尴尬。"原来他不是上天派来的，原来大家都是差不多的小孩。"有一个声音在心底响起，你听了突然有点失落，没有了那种被早已注定好了的命运所主宰的新奇感。

"你放假会去镇子上玩吗？"杜康问。

"嗯。"你努力使自己镇定下来，做出正常的答复，于是连忙开了口。可是一开口你又发现你的回答并不是什么正常的答复，因为你暑假根本没有去镇子上玩的打算。

可是，说了也就说了吧。你看见你喜欢的男孩子兴致那么高地跟你说他暑假第一个月都会待在他舅舅家里，他舅舅家在镇子上的长江路的倒数第五户人家，是开香烟烧酒店的，叫你千万要去找他玩。你也只能点点头，并且在心里知道这个邀请是有一定的含义的。

反正去一趟镇子上也没什么难的，叫哥哥带你去就可以了，你这么想着，心里对暑假充满了期待。

二

记忆中镇子总是和哥哥挂钩的。哥哥比你大四岁，去年中考没考上正规高中，上了镇子上的中专。上了中专的哥哥，每个周末回来一趟，都会变一个样子。上次染个黄头发，这次就在一只耳朵上穿四个耳洞，下次就从口袋里掏出一包烟来。他已经不是以前那个胆小怕事，沉默寡言，时常因为考试成绩不好被爸爸骂而躲在房间里一天不出来的哥哥了。

可是哥哥还是哥哥，他还是像以前一样喜欢你这个小妹妹。会常常带一些小礼物回来送给你。有时候是一个时髦的发卡，有时候是一根两块五毛钱的润唇膏。还总是在周末带你去他的学校附近玩。

父母已经对哥哥彻底失望了，他们对哥哥说的最多的话就是"你胡乱混一辈子没关系，别带坏妹妹。乱七八糟的地方别让她去。"有时候你听到这句话，会立刻警觉地把目光转向哥哥，可是在他脸上你从来也没有看到你希望看到的忧伤。他总是对你微笑，微笑。父母说他这是死猪不怕开水烫。

而实际上哥哥也确实没有听父母的话，他每次在街上给你买一些廉价的零食后，总会带着你钻进一家网吧，混进一大群打赤膊的男孩和穿得很鲜艳的女孩中间打游戏，他说那全是他的同学。他站在一大堆破旧的电脑中低头拉出一张凳子拿到一边让你乖乖坐着，然后转身和那群人一起玩游戏，大声说话，骂人，抽烟，喝啤酒。

你在一边吃着刚买的话梅或者是薯片，发着呆，看着这一切，已经可以面不改色。

其实你全都记得。你时常看见哥哥打着赤膊用手比划下流动作。你亲眼见过哥哥在上网的时候手悄悄伸进旁边一个女孩的裙子下面，最后和那个女孩抱着钻进厕所很久才出来。甚至很多次你还见过哥哥手里持着刀出去打群架，鲜血横流。

跟我有什么关系呢，你想，你只是太无聊和寂寞了，你只要跟着哥哥出来散散心，看看这个镇子上的房子，小店，这就够了。你继续发呆。

"要我教你玩 QQ 吗？"一个慵懒的声音抛过来。

你抬头，是打赤膊的男孩之中的一个，上次打架就是他带头出去的，哥哥好像叫他老虎。

你抿着嘴看向老虎身后的哥哥。哥哥目光一直没有离开电脑，于是你的目光转回到老虎的脸上。

"不难的，你在这里也无聊，不如我教你吧。"他看着你说。

你继续抿着嘴不说话。

"你别调戏兄弟的妹妹啊，胡搞。"一个女孩的声音，你朝声音看过去，是一个穿绿裙子化浓妆的女孩在说话。你认识她，这辈子你也忘不了她的样子。她对你笑，你顿时感到很亲切。

老虎笑着回答，"我是那种人吗？"然后出去买了一瓶啤酒玩游戏去了。哥哥这时候回头，对你说，"别怕哦，他逗你呢。"你点点头，笑了。

每次到了晚上九点钟哥哥就会借个自行车送你回去，你有时候还会念念不舍呢。这里虽然很多奇怪的人，倒也很自在。你也不知道从哪一年开始，你害怕独处，喜欢栖身于热闹之中，但是又无法完全融入进去，只能看看别人的热闹，这样你就找到存在感和安全感了。所以你还是喜欢这里，喜欢这些人的。

除了那一次。

一个男孩子跟哥哥说起去蹦迪的事情，哥哥用力把手中的烟屁股摔在地上，大声说，"上次那个女的真丰满，跳舞的时候擦到她的胸，爽死了。"

时间静止了，整个世界都静止了，你一个人坐在角落里，感到全身上下所有的毛孔都沸腾了，炸开了，你感到剧烈地羞耻，羞耻到无法用言语形容。那群男孩忘了你的存在，你在心里狠狠地下了一个决定：如果这时候有人看你一眼，只要是一眼，你就去死。

很多年后你也能清晰地想起当时多么警惕地看着前面那几个背影，生怕其中任何一个人转过头来。也许就算是现在，你也不知道如何去应对这样的场面吧。

还有那一次，你一定到死也忘不了。那个对你笑的绿裙子女孩腿上突然有一条长长的血痕在延伸，哥哥抱着她往医院飞奔，嘴里一直喊，"没事，我问他们借了钱，我们先去医院。"惊恐万分的你在原地等待，老虎告诉你，那个女孩怀孕了，是你哥哥的孩子。他的神情那么自然，仿佛在叙述一件很平常很平常的事。而从医院回来后的哥哥和绿裙子女孩，也照常谈笑自如，哥哥一个星期以后结交了一个新的女孩，一切仿佛都没有发生，除了哥哥在为还打胎的钱困扰的时候。

猩红的血，腥臊的气息，却深深地刻在你的脑子里。

其实从那以后你就不常和哥哥出去玩了，但是这一次，你想为了那个男孩再去镇上一次。你总觉得这年夏天你的生活中会发生点什么。

三

总的来说，十三岁那年是个多事之秋。暑假第三天的凌晨，你从一阵尖锐的叫声中惊醒，额头上开始大颗大颗地冒汗，胸口好像有一块巨石压着，你睁开眼睛大口大口地吐气，呼气，吐气。本来已经是平常的事情，像每一天夜里一样的梦魇，可是接着你开始发现这不是梦。

楼上开始传来一声接一声的尖叫，真真切切，是楼上那个姐姐的声音。你第一次这么清晰地听到人的绝望中夹杂凄楚的尖叫声，一声一声撞击着你的耳膜。一瞬间你的脑子里像放电影一样闪过生动凄厉的画面，一会是楼上的姐姐在跳楼，一会是她被人持刀追杀，一会是她看见了什么惊恐的事物被吓疯。你在被窝里闭上眼睛一动不动，不想立刻去知道到底是你的猜测中的哪一种情况。

模模糊糊间，沉沉睡去。

天亮的时候起床，异常的平静让你感到不安，模模糊糊想起昨晚的事情，愣了很久才能确定那确实不是梦。这时候妈妈注意到你走出了房门，告诉你楼上的姐姐昨天的月考没有去考，跑到大马路上瞎逛。晚上班主任打电话给她妈，她妈打了她几巴掌，脸打肿了。

第二天你看到楼上姐姐哭红的眼睛，还有她爸爸原本瘦瘠的身体因悲伤过度显得愈加病态的干枯。你想起小时候在大院子里乘凉的时候，时常能听到婶婶跟姐姐说要好好学习，以后去大城市，过电视剧里才有的那种生活，时间久了一旁的你也默默记住了这些话。而姐姐考试考得不好，你也能听到婶婶大声地骂她，骂她这样下去一无是处，跟她爸爸一样没出息。偶尔还会用力扇姐姐耳光。每次这个时候妈妈都会和你说，听见了吗，你再不听话我也像婶婶一样打你。而你知道，妈妈从来也不会这样做，她只想你快乐，平安。妈妈和婶婶不同，如同你和姐姐不同。

记忆中姐姐从来都是内敛努力的人，不苟言笑，从小就是大人，没有一个童年少年的年龄段作为过渡期。整个小区里的大人教育小孩都会提到姐姐的名字，都会说诸如你怎么不和人家某某某一样用功学习啊这类话。婶婶听了是开心的。

你一直不知道姐姐那样努力地活着，仅仅为了取悦婶婶，还是真的自己选择了那条路。考试不去参加，这种事情无论如何也不像姐姐做出来的。你想，每个人都有自己痛恨的事情，每个人都有自己的隐忍，只是你想不到这样的女孩也会不喜欢考试。深夜里你刻意去阳台彻夜不眠，听见楼上的阳台被人打开，长久没有声音，然后再被关上。

谁会知道这一切对你来说有什么意义呢，你也不知道吧。那几天晚上你睡不好觉，比平时更加厉害，是彻夜彻夜地熬到天亮，眼睛也无法自觉地合上哪怕几分钟。你害怕你再也听不见夜晚的背书声，自此在心里默默打赌，"如果能够再次听到她的背书声，就表示我此后有很好的前途。"

你自然不知道此后你为了这一个赌，丢掉了此后无数个夜晚难以入眠的时刻对自己前路的坚定和安稳的心。

在一个下午，自己发着呆，突然就想去镇子上，立刻就去。走了一会不规则的水泥路，马路开始渐渐宽阔，脚步开始起飞，因慌张而匆忙，路旁梧桐树的每一片叶子都静止了，天色发黯，有少数店铺里亮起了橙黄的灯。

发现蓝色的牌子上赫然三个字"长江路"。杜康的声音在耳边响起："长江路的倒数第五户人家。"

"香烟烧酒店……"

然后，在一家喧嚣杂乱的棋牌室隔壁，你找到了所谓的倒数第五户人家，找到了那家不起眼的香烟烧酒店，也找到了你要找的，那个男孩。

男孩有些拘谨，尴尬地避开长辈疑惑的注视，随你走了出来。

空气中混杂着臭汗味，馊掉的食物味，远方的湖面漂浮的绿色青苔味，以及一切一切生活的烟火味道。你转过脸去看着男孩，他也转过来看你，两人都不说话。

过了好久，你终于难以忍受这样的沉默，跟他说，"你不是叫我找你玩嘛。"

"嗯，是。"男孩挤出极有礼貌的微笑回答。

"玩什么呀？"你有点失望。

"我请你去前面吃点东西吧。"

你随他往前走，感觉空气正在失掉味道。

在一家小面馆门口，男孩叫你在门外等，他独自进去，跨进门的刹那还紧张兮兮地回头叫你千万别进去。

"千万别进来啊。"他脸上写满惊恐。

不久以后男孩捧着一小碗凉皮走出来，递给你，你接在手上。

"吃啊。"男孩笑着，走入了马路更黑暗的、没有人看见的地方，并且招手叫你也随同他走。

你注意到那只手，那只在桌子底下和你触碰过的手。此刻你突然发现你只对这只手有好感，除此以外，眼前的其他一切如同早起吵闹的猫，楼梯墙上的办证广告，一次分叉成三份的发梢，以及所有所有不值一提的东西。

前面走来三三两两的妇女，男孩开始迅速往前走，并且像螃蟹一样横着向马路另一边靠拢过去。

到没有人的时候，男孩再次战战兢兢地靠近你，有点歉意地对你笑笑。

"你不如写一个牌子，上面写着我不认识这个女生，挂在颈子上。"你跟他说。原本是开玩笑的，但是你发现你不小心用了生气的语气，男孩吓了一跳。

"他们会乱说，说我谈恋爱。"男孩的头低了下去。

"我回去了。"你说。

"好的，再见。"男孩回答。

如释重负的语气。你不懂你怎么会来找这样胆小如鼠、拘谨到连一个女生也不如的男生。

然后你们分别转身，往不同的方向走。走了几步，你回头看去，没有了男孩的身影。

你朝他离开的方向缓缓地吐口水，然后扔掉了手中那碗廉价的凉皮，带着一身火葬场的灰烬味独自跑回家去。

四

爱情，这个字眼恐怕那时候的你是提也羞于提的吧。生平第一个喜欢的男孩，不知道因为什么原因，就这样让你对爱情的滋味鄙弃万分。

食之无味。你想。

又或许是因为太过年轻，无法将心里想象的美好同现实的琐碎和真实重合在一起，脆弱的幻想稍一碰到现实生活中他的小小一个你不喜欢的举动，或者缺点，就会碎成一地烂玻璃。

又或许，是因为别的人别的事，比如哥哥。比如那年，猩红的血，腥躁的气息。糜烂廉价的爱情，在你眼前上演过。

生活是停滞了流淌的河流，死去了，渐渐干涸，剩下的是那些湿答答的黏稠的糊状青苔，在水面盘旋，最后连气味也渐渐消失。

平凡的日子里，你继续睡不好，夜晚被"鬼压身"，初二开学的时候外婆给你送来一包中药，说是里面混了庙里求来的烟灰，可以驱鬼，叫你睡前都喝一大碗。哥哥每次回来依然会给你带新鲜的玩意，继续喜欢在网吧混，结交新的女朋友，然后跟村子里他的同龄人谈起那些女孩的样子。只是你再也没有听见过楼上姐姐的背书声。

"如果能够再次听到她的背书声，就表示我此后有很好的前途。"

心里有一些无奈，还有挣扎，为什么要一再想起这句话呢，想起了就当个不好笑的笑话忘掉就好啦，但是越想忘掉，它就越是像电视剧里放过的地铁站的广播，清晰无比地在脑子里一响再响。

姐姐的爸爸，那个干瘪的中年男人开始向邻居诉苦。

"女儿成绩在下降，明年就要高考了，这可急死人了。"

"她妈那次打了她，她就一直不太正常。吃饭吃很少，不怎么说话，老师说她上课也总是发呆。"

"她妈也后悔，但是现在也不知道能怎么办。"

邻居都是些好心的人，都说不要让孩子有太大压力，过一段时间就好了。

中年男人扯起袖子擦擦布满血丝的眼角，满脸悲苦。

谁也不知道半个月后，姐姐的脸刚刚消肿没多久，竟然消失了。放学没有回来，起先姐姐的爸妈只当是老师拖堂补课，站在院子门口张望着等女儿回来，随着夜色越来越深，他们都开始焦急，去了一趟女儿的学校，回来时后面跟了几位老师，神色慌张，不一会儿警车也来了。

第二天他们在姐姐枕头底下掏出一张纸，婶婶一看见最上面两个显眼的字就彻底崩溃了，一屁股瘫坐在地上。

那两个字是：遗书。

你只断断续续从别人口中得知遗书里有这些句子：

"我突然发现，我十几年来一直是为妈妈活的，从来也没有自己的想法。"

"你们知道吗，那一天我如果去考试，真的会疯的。"

"我太累了。请不要找我好吗？我永远也不想回来，那个痛苦的地方，有痛苦的考试，痛苦的挨打。"

"也许我只是离开这个地方，到处走走，也许我会离开这个人世。"

而当你终于开始明白和理解姐姐的时候，婶婶病倒了，被亲戚送进了医院。叔叔依旧用袖子不停擦拭殷红的眼角，跟着警察进进出出。小区的院子里开始每日有警车的鸣叫声，穿着警察制服的人在下面走来走去。上学的时候发现所有人都在谈论这件事，所有住在这个小区里的孩子开始骄傲于自己近水楼台，在大家的包围下缓缓透露出一些细节。

所有人都在讨论她是生是死。在楼上背书的声音，在你脑子里越来越轻，越来越远。有关她的一切都被熏染上神秘色彩。

一个星期以后姐姐奇迹般地回来了，她神清气爽地站在小区的院子大门口，像往常一样走进来，所有人都看到了，一个小孩大叫了一声她的名字，然后所有人才反应过来，一瞬间有无数个声音朝楼上叫她父母的名字和警察。

五

多年后你跟男朋友提起那个黄昏，失踪了一个星期的姐姐突然在一片喧嚣的叫喊中缓缓走近，嘴角边带着淡定自若的微笑，你依然觉得她是一个天使，或者超人。你不知道那几天她遇到了什么，让后来的她嘴角边一直带着神秘的微笑，且顺顺利利地把接下来的日子过了下去，考上了一个还算不错的本科学校。

"其实很简单。"男朋友笑了。

"她被考试逼烦了，借点钱失踪几天好好玩一场，一个星期以后借的钱用完了，也就回来了。而回来后从此她身边的人对她异常照顾和关怀，她一定觉得这是意料之外的收获，于是过得开开心心。"

"说白啦，一切只是大家小题大做了。"他故作高深地总结道。

"完全正确。"你说。

眼前的男孩，也有好多个缺点，比如不爱干净，比如粗心大意，可是你对他的爱不会因为发现了他的一点小缺点而瞬间崩塌。

你爱他，就会爱他的全部。

你突然想起十三岁那年，那个你喜欢了很久的小男生。几年前的初中同学聚会上看到他，突然发现他也没那么差劲，大方而绅士。

而十三岁那个夜晚，在昏黄的路灯下，他因为过分怯懦和拘谨而显得缩手缩脚的身影，也渐渐地，开始模糊。你只需记得那里有你的初恋，你的初恋终结在那里。此后的事情，都不用去想。

再也不会有那样夜色难明的夜晚，不会有"鬼压身"，不会有楼上落地窗被打开的声音，不会有整夜整夜的失眠。

你突然眼角有些湿，电话响了，一滴眼泪被铃声吓得掉落下来。

挂掉电话，男朋友问你怎么了，你学着几年前楼上叔叔那样扯起衣袖使劲擦拭发红的眼角，对他说，"没什么，我们去参加我哥哥的婚礼吧。"

你知道，一切迷失了方向的岁月最终都找到了自己的运行轨迹，一切摇摇欲坠的青春都已经尘埃落定。

无论如何，每一个明天都是新的。

作者简介
FEIYANG

方慧，女，1990年5月生，现居上海。10岁即在杂志开设个人童话专栏，中学时期在《中学生学习报》等报刊杂志发表小说散文数十篇。长期在《中国校园文学》《意林》《中外文摘》《萌芽》《文艺风象》等杂志发表文章。(获第十一届新概念作文大赛二等奖，第十三届新概念作文大赛二等奖)

凌空绽放的旧时光 ◎文/张晓

　　如果时光可以退后三个月，我绝对不会想到有一天的自己会变成一个这样的人。曾经预感到自己会改变，只是未曾想到会是这般的天翻地覆。朋友说，你只是缺乏磨炼，有一天你会有大的成就，只是怕你会被这生活磨平了棱角。我不知道自己是不是在退让妥协，我只是受制于这周围的一切，这生活的繁复，我躲不开。或许只是在习惯寂寞，一个人蜷缩在暗淡的角落里，任喧嚣遗忘。

　　一切都结束了，一切都还刚刚开始……

　　高考结束了，极光般迷幻的三天。十几年蓊郁的岁月在这三天的炙烤中分崩离析。

　　亲爱的，我还会记得。

　　莫名地怀念起来，那些曾经厌倦到极致的琐碎细节，每天天不亮就起床的怨恨，熬夜做数学题的恼怒，夹着早点飞车穿越街道的慌张，甚至那位一直印象不佳的班主任。这一切就伫立在记忆的城池里，时光划地成河，将现实与之分隔两岸。干涸的河床上，感伤的年华汹涌而过。

　　那些日子，真的再也不会有了。

　　考完最后一场的基本能力测试，迈出考场，阳光尤为浓烈。电视台的记者扛着巨大的机器挤在人群里。我一个人沿着墙角回住处收拾东西，热气从四面八方拥围而来，如何挣扎，都走不出那团庞大的混沌。

那场曾经盼望的新生倏然远离，不着边际。终于明白，自己所经历的这些，这一切，不是一场救赎，只不过是另一场沉沦的开始。太阳仍旧在无限远处，费尽全力，仍旧撕不开这缠绵的黑暗。眼睛里蒙上了白翳，看不到咫尺的未来。真的不知道自己下一步该往哪里走。

曾经念念不忘的未名湖，曾经仰望过的上海，曾经的那些不经意的承诺与誓言，抵不过现实的苍白，时光流过，烟消云散。已经开始对未来的一切感到恐惧。划过耳畔的时光，遥远缥缈的未来。

成长是时光的灼伤。这一直是我喜欢的一句话。站在十八岁的里，第一次所面对的，果然是这样一道鲜血四溢的伤口。曾经埋下的种子，已经长成了这样一丛荆棘，吸足了残酷的血液，冷艳而尖锐。

越南的旅行。未完稿的长篇。许许多多的约定。在高三最艰难的日子里，是这些一直支撑我走到最后。在即将触摸到这一切的时候，那些景致却突然氤氲成了幻影，再也无法触及。

我所等待的，不过是虚空。

暑假在家里待了整整一个月，中途去了一次北京，在西单的一间酒吧待了半个晚上。是一处看上去并不华丽的地方，外观很低调，中英文混合的招牌并不引人注意。木制的桌椅，摸上去有浅浅的粗糙感，可是很干爽。墙上有旅客自己拍的各色相片，远远地看，会误以为是油画。我去的那晚，正好有乐队演奏，很清新的吉他弹唱。我点了一杯据说来自曼彻斯特的 BODDINGTONS 扎啤，站在离乐手很远的地方看演出，忽然就想起了《挪威的森林》中的句子。破碎的吉他声。

因为不是单纯的旅行，所以只是在北京待了两天半，其中的一半时间用来跟编辑谈论一些很琐碎可是不能回避的问题。搭晚上的绿皮火车回来，车厢里很闷热，一身疲惫。原本想要去坐一次北京的地铁，来这里很多次，一直没有走近过。可是最终还是不得不离开。在国贸东边的街道上甚至已经看到了地铁的入口，只是行程太紧，没有办法像一个人旅行时那样悠闲随意。每当告别一个城市，我都会告诉它说，我会回来。

跟YOTA一起去泰安，在那座同样杂乱喧闹的小城里待了两天。因为路程很近，所以只在那里的旅馆住了一夜。一起去登泰山，雄心勃勃地说好一口气到顶，结果还是坐了缆车。其实只是因为没有心情。住的旅馆位置很差，床踩上去会吱吱嘎嘎地响，可是只要一百二十块每晚。睡在陌生的地方很容易就想起以前的事情，睡得昏昏沉沉，可是梦境中一团和气。第二天下午在一间档次不高的餐厅里吃到了鲜蚝，放在油腻的烤架上带壳烤熟，有蒜蓉和辣椒粉，并不喜欢那种味道。

回来之后一个人回家，才发现，其实并不是不能适应一个人的生活。

回学校附近参加班里同学组织的聚会，一群人浩浩荡荡去吃自助餐，在过去，这些人在一起的时候，从来没有这么放松过。喝了很多酒，跟同学说了很多不着边的话，满地满身都是啤酒的泡沫。很自不量力地用啤酒的瓶子盛可乐，洒得满地都是。

餐后去广场地下的KTV里唱歌，三十人的大包厢订了两间，闪烁的灯光里洒下斑驳的阴影，到处都是熟悉而又陌生的脸。从同学那里抢下话筒执著地要唱BOBO的《光荣》，虽然很清楚MV里大段的对白让他们不耐烦。想起了在上海的那一晚，美罗城的KTV里，唱过的也是这首歌。恍若隔世，恍若惊梦。很喜欢那一句："感谢你给我的光荣，这个少年曾经多普通，是你让我把梦做到最巅峰。"

傍晚一个人坐汽车回家，车厢里座椅很干净，冷气也很足，可是并不感到舒适。摇摆的车身穿越大片的原野和汹涌的人流，不知道这样的日子以后还会不会有。

我们总要分别，我们总会视而不见。

整个假期都蜷缩在家里，晚上总是睡不着，于是常常一个人爬起来到阳台透气。偷偷打开房间里的灯，坐在地板上翻《蔷薇岛屿》和《VOYAGE》，看那些曾经出现在梦境中的画面。渴望一场旅行。打开电话，想要找个人聊天，可是发现号码簿里每个人都应该很忙的样子。

　　每天有两个小时的数学课。没有事情的时候就坐在地板上翻书，用 A4 纸写手稿。有时候会看电视台的节目，午间会播《超人》。那是我喜欢的英雄，他是那样孤独，拥有强大的力量，却害怕自己的爱人受到伤害，其实他无能为力。

　　在这个阳光分外明媚的八月里，我开始了新的生活。一个人的时候，想起看过的简祯的句子。隔一程山水，你是我不能回去的原乡，与我坐望于光阴的两岸。心中的涟漪层层叠叠，这么久过去了，我还是恋着那些文字，它们轻而易举就可以在我的心底掀起海啸般盛大的波澜。已经很久没有动笔写过散文了，感觉指尖正在一点一点锈蚀，一点一点风化。写散文，写自己的生活，写点点滴滴的细节，就是在贩卖自己的回忆。而我是一个容易囿于记忆的人，一旦走进，便难以再走出来，于是就只剩难过。深夜里借同学的手机上线，遇到小次。她问我，你最近过得很好吧。我说是，然后就不知道说些什么了。放弃了文字，便不再有资格拥有那些细微但尖锐的小疼痛，于是也便失去了归属感，空荡荡浮于半空，仓皇度日。

　　其实最近一直在写小说，是我一直都不擅长的小说，那些故事，那些离合与悲欢。我握着很久以前保留下来的直液式钢笔，在自己的习作本上刷刷地写手稿。一直都没有什么大的突破，可是我知道自己在进步。许多年以前，菲菲曾经告诉我，有一天你会成为中国最出色的小说作者，只要你不背弃文字。一个人走了那么多年，回头看看，真的只有文字，一直都在。我在一步一步走向自己的梦想，未曾远离，未曾废止。我在堆叠着这样一座属于自己的巴别塔。

　　我是这样的迷恋那些文字，拿得起，放不下。这么多年，书写书写书写，这已经成为了我生命中停不下来的事。

一直都在怀念中找寻着温暖，却还是不懂得后悔。我是一个这样固执己见的人，做过的事情，走过的路，便不会再回头，不会再因后悔而难过。一直都记得那些朋友们的话，我们都要好好的。站在又一个转角，我不知道自己会有怎样的相遇，峰回路转，只有四溅的光阴不留情。

一切都在向后退去，除了时光。

旧历的八月擦着耳畔疾驰而过，我情不自禁地想起了去年的上元节。那天睡了整整一个下午，从住处出来，天空压得很低很低，回头望望，已经是暮色四合。迎着风缓步走到街上，看看四周不断变换的车辆和行人，突然间感到莫大的空虚。小引有一首诗叫做《一天或一个下午》，而我想到了我的这个下午，浑浑噩噩，恍恍而终。我在昏睡中，被荏苒的光阴远远地甩在了身后，而从我面前走过的，是我十几年单薄的青春。

突然间头隐隐地痛了起来，丝丝缕缕的疼痛从某个角落一直蔓延到整个头部，撕裂一般，绵延不绝。

顺着拥堵的人流去离住处不远的超市，嘈杂声从四周涌来，节日的气息开始由稀微变得浓烈。头渐渐麻木，耳朵里充满了嗡嗡的声响，转转身子，有一种钝钝的感觉。

在超市的冷柜里取了大袋的三全凌桂花汤圆，带着厚厚的冰花丢到购物篮里，然后从货架上取了罐装的啤酒，到熟食柜上买了烤鸭，拎着这样的一大篮东西从人群中央挤过，去收银台结账。

晚饭一个人囫囵地吃完，把汤圆用电饭锅煮上，热腾腾地装在饭盒里，迎着夜风一口一口吃掉。

夜里走在人潮翻涌的街头，远处天空中开始不断涌出斑斓的烟火，十几年的光阴在我的视界里翻滚升腾，我深深地感到了成长在自己身上留下的痕迹，无法挽回，不可磨灭。突然就会想起小时候。我站在荏苒的时光里，一瞬间热泪盈眶。

现在我站在光阴崭新的彼岸，在新的城市新的街道上往来穿梭。而那些旧的画面，那些几个月前还在我的眼前凹凸有致的画面，早已经在那个兵荒马乱的六月里分崩离析。走过这十几年苍白的岁月，所有的记忆都在心底凝结成了琥珀，一颗一颗，剔透而空灵。抬头仰望那丛明亮的蓝色，如同看到旧时光凌空绽放。

作者简介
FEIYANG

张晓，1990年6月出生于山东济宁，双子座男生。八岁第一次发表作品。性格始终游走在浮躁与沉郁的边缘，极具两面性。喜欢安静，可是自己很聒噪。喜欢明媚，可是害怕阳光。想要有一种从容不迫的生活，有吃不完的冰淇淋和善良的朋友。有一种热忱，至死不渝。（获第十届新概念作文大赛二等奖，第十一届新概念作文大赛二等奖，第十二届新概念作文大赛二等奖，第十三届新概念作文大赛一等奖）

高三一出戏 ◎文/丁威

又到了一年一度的高考时节，虽然自己已经进入大学二年了，可是，想起那慌乱而茫然的三百多天，一切却还都清晰如昨。

高二期末最后一科结束后，全班人聚在教室里等待老班安排假日事项。一番冗长且每年都一样的话说完后，老班说起了开学的日期，八月一号正式上课，话音刚落，教室里就炸开了锅，这可是整整提前了一个月啊！老班抬起手向下按了两下，仿佛是在按响车喇叭，但这一动作却让班里霎时安静下来。而后老班说的一句话让整个教室里的抱怨声都沉到地下去了。老班说：你们都高三了。

对啊，我们都高三了。

高一晃晃悠悠地就过去了，而高二也是闲庭信步地走到了头，而我仿佛是从高一一下子被拽到了高三，其间的生活混沌像是一锅沸腾的粥。白天在教室上课一走神一节课就没了，下了课跟同学嘻嘻哈哈地打闹，晚上回到寝室卧谈会开到很晚，真的就像那个笑话说的：眼睛一闭一睁，高中就过去了。

紧接着老班又说道，从现在到明年的六月你们只有不到一年的时间，再刨去寒暑假和周末以及节假日，你们还剩的时间屈指可数。我们就都真的沉默了。

而后就是短促而闷热的暑假，八月一号到来的时候，很多人还沉浸在暑假的懒散氛围中，穿着拖鞋慢悠悠地晃进教室。开学后的第三天老班就提前开了场班会，他说：你们不要以为这是补课，一切都还散漫得很，现在已经是高三了，高考也已经近在咫尺了，你们也不希望自己忙活了两年，最后变成一场空吧？老班的话起了作用，很多人都开始摩拳擦掌地为高考而奋战了。头顶上的电扇转个不停，可是，挤挤嚷嚷的教室里每个人脸上的汗水还是不停地往下淌。教室外的蝉鸣也像每个夏季一样聒噪不停，丝毫不会因为高三上课铃声的响起而安静下来。

　　当然，对于那些升学无望的人来说，他们的生活也还是一样散漫而纠结，也许，他们的希望在明年后年，甚至在他们说不清的某一年。

　　而我，则不幸就是这些纠结人群里的一份子。

　　开学后的第一天老班就把去年期末考试的成绩单发了下来，对于大多数人来说，他们查找自己的名字都是用食指从上往下捋，而我则是从下往上赶，最悲哀的是刚捋了不到十个人我的名字就赫然跳了出来。这也就意味着我是全班倒数后十名。因为我也是有羞耻心的人，而父母对我抱的期望也不是一般的大，看到自己惨不忍睹的成绩后，我觉得八月的天真的就黑了下来，心里像是有一把刀在翻来覆去地搅。而后我就拿起笔在每科的分数后面写上我要为之奋斗的目标。第二天，我就早早地起床在教室里叽哩呱啦地背起了书，但是不到三天，我就又成了寝室里起床最晚的那一个，卧谈会时扯淡最欢的那一个，上课时打瞌睡最久的那一个。

　　那时，我每天的生活基本上就是，别人在背书的时候我在扯淡，别人在上课的时候我在打瞌睡，别人在写作业的时候我在外面晃荡，别人在劳逸结合的时候我就会更加起劲地扯淡蹦跶，而课代表在收作业的时候我在忙着抄作业。偶尔也会因为受到刺激或鼓舞内心实在愧疚，就会装模作样地学一会习，但当一个指头在我的课桌上敲一下，一个眼神往厕所里甩过去，我就起身屁颠屁颠地跟着他往厕所里钻了。

如你所想，厕所里那时候已经缭绕着一层烟气了，加之厕所里原先的气味，整个氛围是一种匪夷所思的怪异，但从这些烟民们的脸上你丝毫看不出厌恶和恶心，他们都把这片刻的麻痹当做不可多得的满足。从厕所里出来后，我会和他们一样在嘴里含一颗薄荷味的糖，而后在操场上晃荡两圈，让空气吹散身上浓重的烟味。

那个时候，夕阳刚显出西落的疲态，一切都裹在一种宁静的茫然里，整个高三的忙碌和我几乎是异度空间，操场上只有稀稀拉拉的几个人，我总是他们中最后走的那一个。机缘巧合或者命运使然，操场上的某一天，我遇见了我高中时的唯一一次恋爱。

那是一个黄昏来临的时候，这么说显得我多煽情，可是，现实往往比语言煽情得多。我从厕所里抽完烟出来，因为之前的一次周考我的成绩依旧在倒数后十名徘徊，我的心情就异常地郁闷，当然经过许多次杀戮之后，我的郁闷已经降到只需一根烟就可以化解掉的程度了。但是因为中午排队打饭的时候，掏掉了十块钱，这就导致我在厕所里抽烟时多抽了几根，在操场上晃荡三圈后，我的脑袋还是有点昏昏沉沉的，他们走后，我就一屁股坐到了草坪上，草的柔软就沿着屁股惬意地透上来。我眯着眼转着脑袋在操场上四处看过去，而那时，她正斜挎着书包低着头在操场上慢腾腾地踱步。

她扎着一个歪的马尾，穿着淡绿色的长袖衫，低着头，脸上似乎是一片乌云的表情，但被夕阳一照，就显出金灿灿的温馨来。走路的时候脚几乎不抬，就感觉"沙沙"的声响从脚底传出来，这是当时的场景。在记忆里的另一个场景是她歪着脑袋看着我笑，那时我刚从医疗室里输完两瓶点滴出来。两年过去了，许多似曾相识的场景被新的际遇掩盖，许多怦然心动的喜欢也被取而代之，可是，她的这两个样子还是像雨后的玻璃一样明晃晃地亮。后来在我的小说里出来过好几个夕阳里女孩子美好的样子，也只是对她一遍又一遍地更细致地描摹。她也许不是初恋，但却比初恋更铭心刻骨。

我想起不久之前大蓝对我说的一句话：喜欢其实就是一瞬间的事情。而那一刻，我知道我是真的喜欢上她了。

　　第二天，我就给她写了信，因为是高三，我把喜欢藏了起来，只写了很含蓄的内容，大意是想认识你，做朋友之类的话。送信之前和送信之后的忐忑像是一小朵火苗在我心里腾腾地烧。回信是在四天之后收到的，她向我抱歉地说回信的姗姗来迟，愿意和我做朋友，也愿意倾听彼此的烦恼和心声。从那之后的整个高三，我们每周都会写信给对方。因为每天第二节课后有早操，而我们两个班又相隔不远，我就看着她的身影在日光里仿佛精灵一样地跳，那时候是希望整个早操永远都不要结束的。

　　周六晚上的时候，我们就沿着学校一圈一圈地走，说彼此的童年、班级里的开心事、高三里的迷茫以及长大后的疲惫和单纯的失去，更多的时候彼此都不说话，只是安静地走过一盏又一盏昏黄的路灯，看彼此的影子在路灯下长长短短，好像整个世界只剩下永不熄灭的路灯和永无尽头的路。走到乏力的时候，就坐在植物园里的石条上，唱她喜欢的歌给她听，一首接着一首，好像如果一直这样唱下去也不会觉得疲惫。也还是记得那个时候自己疯狂地迷恋诗歌，每封信后都会为她写一首诗，现在回头看那时候写的很多诗，觉得青涩而稚嫩，有些也随着那些日子的逝去而消失了，只是，也许许多年之后，斑驳在每一首诗上抹满尘埃，老旧在每一封信上蘸足冷清，凋零的归于凋零，残败的化为残败，那些澄澈的日子每每想起还是会让自己潸然泪下。

　　当时间慢慢走到它自己的深处时，高三的下半学期已经黑沉沉地压在头顶了。当距离高考还有一百天的时候，校长给全校高三学生开了一场动员大会，整个会场乱糟糟的，而校长却在主席台上讲得满头大汗热血沸腾，仿佛如果高考这个敌人迎面而来的时候，他会是第一个握紧拳头冲上去的人似的。散会的时候，操场上望过去全是星星点点的垃圾，这让会后的校长拽着班主任一顿训斥，而少不了的是班主任把怒火撒在我们身上。会后，大部分人的眼里闪出了奋斗的火花，而剩下的类似于我的那部分，则只是在太阳下接受一次暴晒，徒增疲惫而已。

一张又一张的试卷像雪花一样不停地从课代表的手里飞舞，每次当我从睡梦中醒来，抬头看的时候，桌面上都会平铺着一层试卷，大片大片的空白，等着我去一张一张地填满。那个时候，我就自言自语道，等吧等吧，等着我来复制粘贴。每节课后，擦黑板的人都会抱怨黑板越来越难擦了，那是因为老师总是把黑板涂抹得满满当当，甚至是一层擦着一层。教室里人打瞌睡的人越来越多，一个个脑袋埋在高高堆起的资料中，倦怠的气息一圈圈地在教室里缭绕。每次这样的时候，我就特别高兴，仿佛又迎来一位新的打瞌睡的战友那般欣喜。

瞌睡打得越来越多，作业做得越来越少，高考变得越来越近，而愧疚走得越来越远，当时间走到它自己的终结的时候，高考只剩下一个月了。成绩好的全崩紧了弦，准备再往更高的峰冲刺，而无望如我者则干脆扔掉了弓，把日子清汤寡水地过了，这样之后，日子反而可笑地变得规律了。

早上七点上早自习，我就慢悠悠地六点五十从床上爬起来，到了教室精神好的话，接着扯昨晚卧谈会没扯完的淡，精神不好的话闷头就是睡。一整个上午能记得的就是做早操时她的身影、几个凑在一起扯的淡、胃里那半包未消化完的方便面。下午三点上课，自己在寝室可劲睡到第一节下课，然后提着水瓶迷迷瞪瞪晃进教室，开始等着肚子饿和黄昏的来临。晚自习的时候开始听歌、看小说、读报纸，兴之所致还会泡一杯茶或者咖啡，悠闲得仿佛是办公室闲杂人等。第二个晚自习的时候就开始给她写信，或者跟同桌交头接耳。当终于度过轻松而又忙碌的一天后，晚风从空旷的学校广场上吹来，风中甚至能闻到淡淡的青翠的幽香，陪着她走完从教室到女生宿舍这一段短短的路途，路上更多的是沉默不语，却也觉得是整个一天少有的安心。等学校这头喧嚣的幼兽彻底安静下来的时候，MP3里的歌就陪着我哼唱到凌晨两点多。

　　日子终于只剩下孤零零的个位数了，结束的即将结束，告别的终于要告别，三年一千多个日日夜夜，从陌生到熟悉，从相聚到分离，从一个日子的开始走到一个日子的终结，而唇边也已生出一片坚硬的青色了，仿佛一切都没有变化，而一切却又真的不同了。有时候想想生活也许就是这样，恍如梦游却又真实可触，突然有一天，一首歌，一个场景，甚至是一种气息触发了记忆的闸门，那些关于青春、关于迷茫、关于疼痛的过往又潮汐般地冲刷而来，掩埋的是陈旧的岁月，而萌芽的则是一次次伤感的缅怀。

　　偶然的一天，在街上闲逛的时候，一家音像店里传来汪峰的《当我想你的时候》，听着听着眼泪就不自觉地下来了。两年过去了，高中生活渐渐从生活中灰暗下去，我想也许某一天我再也不会记起它，它生生地从我的生命里死掉。而当我真正能够平静且默然地讲述那一段恍如隔世却又清晰如昨的日子时，那该是很久很久，很久很久以后了。

作者简介
FEIYANG

　　丁威，生于80末、90初之交，喜欢安静看书晒太阳的日子。志向颇高，天分不足。矛盾、敏感、脆弱、失眠、瞎琢磨构成生活的全部。(获第十二届新概念作文大赛一等奖，第十三届新概念作文大赛一等奖)

教师散记　◎文/刘创

　　我六岁那年，因父母从农村来到城市打工，我也跟着来到了城市上学。因为父母的工作不稳定，我也经常跟着父母转移阵地，于是转学成了家常便饭，学习成绩也老是跟不上。稀里糊涂地读了一阵子书，父母终究觉得带着我不方便，一来要做饭照顾我，二来老是换学校，麻烦。当时正好村里的村落小学刚刚落成，建起了村里最漂亮的三层楼房，还有操场、篮球架，于是父母将我送回了村里读书，免得在外面跟着他们受奔波之苦。

　　于是就在我大概读二三年级的时候，我从城市回到了村立小学继续念书，至今回忆起来，那是我最快乐的一段时光。我的老师姓蒋，戴副圆圆的玻璃眼镜，眼镜只有一边挂着，另一边用麻绳捆着套在耳根上代替。那副眼镜颇有意思，当他透过镜片盯着人时，睁圆两颗玻璃般的眼球，头颇为吃力地向前伸着，因此，学生在背后管他叫"乌龟"。

　　"乌龟"的另一层意思是他的行动始终是缓慢的。老师下课后爱在灿烂的太阳下以镜片燃烟，意思是他懂科学。他一副得意忘形的模样傻笑着呼叫："大家瞧，大家瞧！燃了，燃了！"引来一大堆娃娃起哄。当时那玩意，在那落后的小山沟沟里，别说是三岁小孩，就连村里的大人看了都觉得稀奇。

"乌龟"老师在课堂上习惯伏桌看看课本，再眯着眼睛瞄一遍学生，然后说外甥打灯笼——照舅（旧），意思是自习，或者默读课本。他闲下来的时候便将右手食指伸进空旷的鼻孔里，一阵翻搅后变戏法地抠出一小块鼻屎来，在手上和面粉似的捏捏，趁学生不注意时，用指甲轻轻一弹，呼，无影无踪了。看得出他十分享受，似乎也是考虑问题的一种方式。

他好酒，每当布置完作业后弯腰便钻进隔壁房间去了，邻近的一个酒鬼常常来与他对饮，酒兴中叙往事、忆人生，论教学经验和观点，以哲理服人，酒鬼无意地答他几句，用佩服和惊奇的眼光迎合他，这样，酒鬼可尽情地享受佳肴美酒，因为他压根不懂老师的理论，他是在应付老师，抽空多吃，另则达到长期哄骗老师油水的目的。席中方方面面的扯谈，老师显得特别精神，比他的拿手课还精彩。你看他，手舞足蹈，到关键处还加个"啊"，快乐，真快乐！酒力使他到达到天摇摇地摇摇的境界，人哪，一旦遇酒，就能舒展开来。

夕阳落了山，淡淡地贴在山腰，我们放学后仍在老师门边玩皮球，他暗暗的房里透出灯光，我们从门缝偷窥里面，两只注满兴奋的血眼，在烛光照耀下光芒万丈，老师脸上笑容闪烁，荡漾出骄傲。他不断感叹岁月的磨砺，常常说话说到一半就打住了，以一声叹息作了结。这使他看起来有极重的失落感，只有喝了酒的时候，他才会轻松地、心安理得地畅所欲言，酒，总能将他的话匣子打开来。怪不得，他上课总是魂不守舍，在课堂上如此这般地忙碌一阵就钻进了房间，原来是另有天堂胜教堂。

半年后我换了个班，老师姓贾，人古董古董的，古董的老师，古董的教学方法，却爱模仿新生事物。最欣赏艺术界权威人士的举止风度，但自己既老化又守旧，却写点什么读点什么偏爱带新潮的字眼，其实是在沽名钓誉。

贾老师眼小明亮又放光，说话尖声怪气有点走调，急起来时比哭还难听，一对眼镜下有两个小袋（眼袋），眼眶边有道陷进去的轮圈，学生替他起了个他不知道的外号叫"光圈老师"，学生们公认这个名字既形象又可爱，是缘分修来天生成，装在他身上再恰当不过了。还有顽皮的小孩说：贾老师的名字是月亮公公用光圈帮他裁出来的。你看，多神奇、多神化、多美妙的名字，这些个学生虽小，鬼点子还真不少。

老师也曾说过，别人满脑子学问，我满眼睛知识，是慧眼，能洞穿渊博的东西，眼光是剑，很有杀伤力。

他的特点是捉下巴和拔胡腮，偶尔抓抓后颈窝的痒，捏鼻尖挤脂肪，久而久之大鼻子在他灵活的挤压下两边乱歪。然后深呼吸嗅嗅手，脂肪臭仿佛很合他的胃口，要不然为啥总要闻闻才舍得放下。一旦发现学生看见他嗅手时，他虚弄动作揉揉鼻梁或者在脸上抠抠痒自然地移开，这种假动作反反复复做多了，谁都明白。他也深知这是个不体面的东西，但又克制不了。老师的怪癖防不胜防，生理上的习性很难更改，人都有之。于是每当他挥手之际，学生们就要意识到了，为防他难堪，觉悟地躲避他那个不定时的尴尬局面，怕无意中伤害老师的自尊心。

老师经过一场粉笔战后就扯关节，教室里回荡着清脆的喀嚓声。随后他就以手代梳刨刨头发，这动作据当时不从哪里听来的言论说——象征着学识和风度，能梳出典雅的气质，能梳出内心无比深奥的才华和精深博学的见解。老师最爱说一句使我们猜不透的话，总在发脾气的时候才说："你们不拿我当老师看待，我就不拿你们当学生看待。"意思是我们太调皮吵闹，不尊重他，他也要不尊重我们，要惩罚我们了。不过从没见他惩罚过什么学生，只会看到他一个人不高兴地在教室外面看天、看校园，然后回来说："我们继续讲课。"

村民们说他有点秀才风范。由于他平时常替农民们免费写红白喜事的联子，在大庭广众面前爱舞文弄墨地露两手，受到乡里邻居的一致好评和爱戴。

他上课前首先要用手梳一梳头发，显露出白色的头皮杆杆，这一梳还真不赖呢，讲台上一站，知识倾泻而出，我们只有望而叹息的份儿：

"完了我也，黄牌军又出笼了。"老师教书其实极不规范，他把新的课文变着法儿当旧的教，说新书某某地方不对，按老的又是如何如何的好，老文化流传千古，什么都是老的好，姜还老的辣呢！老辈们才喜欢他那一套。当他把这些老朽的东西摆在小孩子面前的时候，可想而知，我们只有出神的双眼和抓头皮的份儿。有时竟连老师自己也说不出要表达的意思来，只好重重地抛出一个"啊——"字，以示精神无比高深博大，学生坐而起敬，一阵哑音的沉默。

一年后，升学了，又换了个老师名"祖贡"。他穿衣朴素，平易近人，很随便。在学生面前爱装模作样，严肃起来斜着一大一小的眼睛有独到的气派，习惯叉腰的姿势。老师说话很幽默，精通今古，左史右文，口若悬河，如数家珍，加上表情的配合，更添加了几分风采。当地人很欣赏他、崇拜他，也很亲近、喜欢他。老师把老一套的教育、品德思想完美不动地继承了下来，他那套正人君子的为人处世使得人们都希望在自己的子孙身上看到他的身影。外人问起他在何处高就，他会起鸡皮疙瘩，肉麻。几斤几两他自知晓，说土点就是在乡下穷教书的而已。但他却立即镇静下来，谎称："搞秘密工作的啦。"可爱的老师在撒美丽的谎。

他思考问题时右手环抱在胸前，左手夹烟，随着袅袅青烟净化在蓝天之中，他专注于窗外的花开花落，眼睛死盯着一个地方长久地出神，仿佛在他经历的人生轨迹上寻找昨天——那一道道坎坷线条勾勒在眼前，几度寒暑，几度凄惨。他并不是没有过欢欣，他曾付出过艰辛的汗水，在教务系统获得过嘉奖。当时他把奖状挂在壁上，双手反展背后，凝望着盖有大印的红奖，那是他多年来付诸的心血，也是工作的评价，他终于开心地笑了，他轻轻地叹了口气，啊，来之不易啊！这时他的脚下充满了欢快，情不自禁、有节奏地释放出心中的喜悦的音符，随着美妙的旋律滑向了充满自信的远方。

第四个老师姓韦，是本地唯一的外姓，也是本地唯一的外地老师。

说起外地老师，不由升起一种洋味来，对异乡的人免不了有一种新鲜感，使人多了一份猜测。好了，老师具体的来龙去脉就不细说了，而且我也没去查探过，学生查老师的底，不成叛逆才怪。莫说是查，农村的小孩连见生人的勇气都没有，胆小得像犯了罪的小羊，来了陌生人只敢躲在门缝里偷看。记得以前家里来了客我就跑到外面去玩，玩得又饿又倦时，就坐在能看见自己家门的邻居家，二奶奶问："小毛，你怎么不回去吃饭？"

我用手指指家门小声地说："我家又来客人了。"

二奶奶说："客人来你怕啥，他又不吃了你。"

我说："客人眼睛是生的，我不和他们吃饭。"每当想起这些心里就想发笑。也许是老师的严肃才使我回忆起儿时发生的趣事。

韦老师对学生总是拉下脸说话，和同龄人以及村民就谈天大笑、吹牛拉炮，要么怎么得了个别名"韦大炮"。说到此别名，还真有一番来历。吹牛是他一大专利，有一次人说大炮是拉着走，他硬说大炮是扛着走，因此捡了个别名"韦大炮"。当然，他是受人尊重的老师，别人不会当面这么喊他。

一次探亲归来，他兴致很高，又吹起牛来："我刚上火车，火车轮子就爆了。幸好是前小轮，如果是前大轮火车就要泡汤了。当时车厢天动地摇，多亏了司机机智敏捷，踩了急刹车，打了个方向盘才避免了事故的发生。要不然我就要上西天了。"当时听得我们呆在那里，今天想来全是欺人之道，大人欺小孩，用心良苦。

在那落后的小山沟里，每当老师外出回来，总有一堆孩子听他讲外面的世界，如今想起来许多都是不真实的，也许只是老师在现实的基础上加工过的想放松学生情绪的笑话而已，现在想起来还觉得挺有意思。老师真可爱，编出些给孩子们带来无穷的欢乐的故事，至今深深地印在我的心里，思念不已。

老师虽然才四十有几，由于勤思苦教而有了隐约的白发，一有白发冒出来，他就毫不留情地连根拔掉，但猛拔猛长，如此拔来拔去还是"野火烧不尽，春风吹又生"的景象。

我的第五个老师，也就是读小学的最后一个老师，他一直教我到毕业。老师姓"蒋"，名"宣登"，别名"学府"。他喝醉了酒时说自己是京城下野来的，能登大雅之堂，因此多事的人替他取了这个别名"学府"。他常说谁有幸拜读于他门下当弟子，算是前生烧了把好香。此话不假，他也是在教育上奋发努力才敢夸此海口，有此实力而不敢说此话的老师也许是位好老师，但绝不是阳刚的汉子，由此可以窥见老师刚硬的性格以及他在教育事业上的自信。

老师爱酒，不是一般的爱，是酷爱，嗜酒如命。他说酒有一股精神，有奇妙的功能，能给人造就完美的境界，自己就常借古人酒仙的神力来陶醉自己，酒杯一端，犹如李白杜甫，绝句佳诗滔滔不绝，美哉妙哉。

老师还懂吃文化，读过美食方面的书。老师教育学生吃田螺时说，吃田螺曾使我头晕眼花，初尝时辛酸不已，尽管味道妙不可言，却太费气力，要用细木头挑出肉来。所以，"吃"只是二等境界，"喝"才是真谛，田螺要喝出来才痛快。小时候吃田螺，龇牙咧嘴，赤膊上阵，丑态百出，如大敌当前，猛一看，别人正窥笑自己的吃相，本老师狼狈不堪，一扫老师斯文形象。喝田螺不懂方法会喝出泥巴，吸气要急短快，若用力过大不但会吸出泥浆，并且会导致头晕眼花。在那荒年苦日的时代，体质差劲，喝还真有些吃力呢，老师说。今天，老师不但能轻而易举地喝出田螺肉来，还可以轻轻地吹出去。神了。

有次我去请教老师一道疑难题，恰逢老师喝田螺，他说："来，老师奖你一颗肥田螺。"说着，老师把我拉到跟前，咬住一颗大田螺的屁股含着，轻轻地一吹，待田螺肉松了以后，叫我张口接着，嘴刚张开，只听"扑"地一声，肉吹进了我的嘴里。可那渗有口水的肉在咽喉里腻得想吐，恶心得我转了个背想走，可他却硬要我咽下才肯放行，当时难为极了。老师看着我的表情以为我在笑，瞪着一对大眼睛看我，又开心又自豪，日常中他就是这样，常在别人的嘴中炫耀他的独门枪法。

一次，老师病倒了，稍有好转就想喝田螺，自己又不能亲手去找，他可犯难了。在万般无奈的情况下，他默然地决定利用学生，随后踉跄地登上讲台，露出苦笑的表情，用并不坚定的口吻对我们说："生命在于运动——嗯，男生下午来读书每人带三颗田螺，超过三颗的表扬。"我们听后全班呆若木鸡傻坐在那里出神，猜想，老师今天是怎么着，情况十分反常。事后才知道这其中原委，是老师正直的人生生涯中破天荒的一次越界，是他为人师表万分之一的一次失误，难道我们真的责怪他吗？就这么小小的一次犯错都要计较？平日里老师与学生情同父子，慈祥而又有训诫，从不私心，为了孩子们的学习，曾度过不知多少不眠之夜，因此我们在心底悄悄地说爱他，真怀念那些深深思念着的美好时光，怀念他和童心一样天真纯洁的感情。幼苗萌芽，花朵开放，我们在他正确的庇护下茁壮成长。如果能重回过去，我们愿在他的门下再接受一次教导，时光啊！你真能倒流吗？我还想回到那年的校园，今天，借笔下的长路，我得以到久别的地方重走了一趟。只可惜，只可惜，青春荏苒，无法回返。

据说，老师喝田螺的工龄太长，喝田螺时精神处于紧张状态，天长地久地刺激了神经，老师得了脖颈错位症。有人论断，老师的脖子是因为老是吹气吹歪的，我想是无稽之谈，别人看老师老实巴交的，拿他寻开心，才引出这段可笑的风波。小时候，我还信以为真，真可爱，现在想来，这是个过时的笑话了。

升初中前，有这么个滑稽的酒鬼，他深得老师们的宠爱，因此他以各种名目骗老师上当。例如，那年田里有虫灾，他人手不够，便买了两斤酒打老师的主意，叫老师带全体学生去捉虫。起初老师不同意，那酒鬼和老师相处已久，能吃透他的心，酒鬼说："现在兴科技教学，把学堂搬到社会调查中去，教育与实践相结合，农民子弟应该为自己服务，国家政策对农村实行责任承包，但我也有奖励办法啊。如捉一百条虫者奖励一个作业本，一百五十条奖励两个，表现特别优秀的班上表扬，而且给予嘉奖，这也是一节生动的劳动教育课。这不正是一举两得嘛！"

老师听了蛮有道理，当即拍板定夺："好，你赶紧去排干水以免孩子们摔在田里，随后在田边等我，我领队伍过去。"

那天我得了表现最佳奖，奖品是一个硬皮笔记本和一支钢笔，刚好那时妈妈回来看我，放学后我回家高兴地对妈妈说了，妈妈夸我能干，将来有出息，晚上特地为了煮了两个荷包蛋慰劳凯旋的小将军，这是我平生第一次尝到劳动后的快乐，心里甜丝丝的，那年的情景至今难以忘怀，如梦的童年还依然历历在目。

师生情同父子，此话的的确确。不因念其是师生情分就放任学生为所欲为。教育别人比本身行为还标准，这是老师才拥有的准则，也只有他们能做到，任何一点私心都严重影响形象，要做到毕生的付出，这种奉献精神使老师这一职业变得崇高、伟大。

作者简介
FEIYANG

刘创，1991 年 3 月出生，现于杭州求学。驴友。(获第十三届新概念作文大赛一等奖)

第2章

最初的理想

它刻录了我童年美好的记忆，装裱了我成长的脚步，

泊在了我的梦境深处

阁楼  ◎文/徐利

小时候。我最喜欢的就是外婆家的阁楼。

尽管外婆的房子不大，不过房间顶上有一个开辟出来的空间，那就是阁楼。阁楼用环抱很大的树木的竖截面平铺拼凑起来的，我也没有仔细数过到底有几个板子。连接阁楼和下面的房间的，是一个可移动的梯子，这种梯子农村里面现在都还存在，而且还很普遍，爬上梯子的顶端，就是阁楼的入口，入口是正方形口子，一次只能上去一个，因为在同一个时间点梯子上似乎也只能站一个人。那时候我们三姐妹，让一个人扶住梯子的脚部将它稳定，另外两个人爬上去，爬上去之后扶住梯子的顶部，让最后一个人上来。顺序格外流畅，完全是标准的一条龙战线。

阁楼以前住过人。过年家里的客人多，房间不够，于是把阁楼清扫出一个位置，铺上棉絮床单被褥，可以躺好几个人。而这只是出现"万一"的用途。阁楼是从房间这个整体中分割出来的部分，所以顶部不是很高，而且房顶因为考虑到雨水情况都是倾斜的，上面铺着瓦片，在某些方位，即使是三岁的小孩子也可能一抬头就撞在了房顶上。

阁楼上伸一尾长竹竿，两头部分系着绳索挂在梁上，竹竿上挂着盐熏好的腊肉。天气晴朗的时候把头上一两块活动的瓦掀开，有阳光透进来，阁楼里亮堂堂。阁楼是儿

童玩耍的最佳的地方。玩猫捉老鼠游戏的时候，起初有人很聪明，会爬上梯子到阁楼里躲藏，后来被大家发现了这么一个好去处，都往阁楼上挤，阁楼本来就小，一眼望穿，而猫上来的时候一眼就望见所有的老鼠，这实在是够猫高兴的。还记得有几次因为姐妹闹不合，有人就会很快地从梯子下去，然后拿开梯子，上面的人下不来，急得哇哇大哭，下面的人一脸耀武扬威，实在是很得意。但是外婆一回来，就将我们三姐妹挨个数落了一顿。结果，我们一起躲在阁楼里哭个够，并且不小心睡了一觉，醒来的时候，才发现外婆为了找我们四处搜索，额头上急出了汗。

不久阁楼里堆了很多柴火，是从山上运下来储存过年用的，而且数量庞大，一用就是好几年。因为没地方放，于是想到了阁楼，用斧子把木材劈成小块，然后你传给我，我传给你，最后传给在阁楼上的人，将柴火放得整整齐齐，需要的时候就从上面拿。记得学校组织春游要到山上去野炊，于是带着几个同学到家里来拿柴，结果背的太多，一半都还没有烧完饭就好了。于是把剩下的柴全扔在了山上，轻轻松松地跑回来，结果还是被结结实实地骂了一顿。柴火堆好了，就有了更多隐匿的地方，我们三姐妹连同邻里的朋友们，一块儿跑进外婆的房间，剪刀石头布，将猫关在门外，数到一百，然后进来。藏的地方实在是很多，但是阁楼是猫必须得检查的地方，因为有梯子在，很容易猜到阁楼上有人了。但是后来学机灵了，我们一进阁楼，就几个人合力把梯子抽掉，然后趴在阁楼上，从木板中间的缝隙望下去，因为没有梯子，猫便断定阁楼中没有人，于是在下面乱翻乱找，上面的人忍俊不禁，实在是滑稽。

当时我们养了很多动物，什么猫啊，狗啊，这些动物在乡下格外不值钱，但是需要消耗粮食，很多人家把自己需要的一两条留下来之后，便把其他的小猫仔小狗崽全部给扔了。女孩子向来心底柔软喜欢小动物，便把这些遗弃的生命带回家，俨然成了大慈善家。家里渐渐变成了动物专业户，完全一个大慈善机构。因为动物吃喝拉撒的诸多问题，于是外婆便不让我们再去收留动物，看到之后，必定会让我们送出去。但是实在是不忍心，于是想了些办法，一发现有目标，便拉起衣服，把它们藏到衣服里，然后眼睛左右一溜转发现没人看见，便提着步子飞奔回去。然后几个人有的望风，有的扶住梯子，把那些收留的动物放进阁楼里。吃饭的时候，总是轮流找理由跑进房间，爬上梯子把食物倒进动物的碗里。

结果麻烦的事情不止这一件，动物毕竟不懂规矩，有时一阵狗仔乱叫，有时一只猫从阁楼入口掉了下来，我们三姐妹又是学狗叫又是想办法把掉下来的猫从外婆的眼皮子底下藏起来。倒是真费了不少心思。事情过后爬上阁楼把乱叫的狗仔挨个教训一顿再充满爱心地抚摸一会儿，后来看电视报道那些马戏团训练不听话的狗的时候也是用的这一套，说是"温柔教育"。看来，我们倒实实在在自我发觉了一把，但是初衷肯定没有马戏团的复杂，只是见着挨训的狗仔有点可怜心里舍不得而已。我们还想方设法把掉下来的猫仔重新抱回去。但是，那时候过于愚笨，尽管我们学狗叫学得很像，但是真的狗叫是学不出味道来的。而且在我们不在家的时候，或者当我们睡着的时候，那些调皮的小伙计也不可能老老实实。外婆肯定也是知道了的。那时候太小，尽管为了包庇它们想出很多理由以为可以瞒过外婆，但是我知道这完全没可能。现在的我在面对那些小孩子为了一些小心思而编织的谎言的时候，尽管他们的表情很完美，但是我绝对是不会相信的，因为成人的感觉完全胜过了他们的表演。所以，无论如何，外婆肯定是知道的。但是她没有责骂我们，并且纵容我们，可见外婆也是一大慈善家啊！

到现在，我觉得我学狗叫还是惟妙惟肖。

作者简介
FEIYANG

　　徐利，笔名徐紫凌，出生于90年代，高中学理，大学还是学理，喜欢玩耍，喜欢写点东西。无所畏忌。写自己的东西。对结果不怎么期待。希望收养一个像加菲猫一样可爱的儿子。（获第十届新概念作文大赛二等奖，第十二届新概念作文大赛二等奖，第十三届新概念作文大赛二等奖）

小镇记忆

◎文/晏耀飞

    小镇早己不是我当初生活的那个小镇了，它经过现代化的改造，发生了翻天覆地的变化，变得很大。以前的小镇是西施的纤腰，现在的小镇就是杨贵妃怀胎十月的肚子。我沉沦于它如今的妩媚，却也难以释怀它曾经素面朝天的姿容。

    从高处俯瞰小镇，就会发现它很像木工打线用的墨斗。四面舒缓的山温柔地围出一块突兀的平地，平地上的平房和鲜见的二层小楼像火柴盒一样排成两排，其间夹出一条玉带般的小道。有一条河流像蛇一样与镇子擦身而过，逶迤地游向远方，在阳光的照射下泛着白晃晃的光，如哗哗流淌的一河白银。

    这是十余年前小镇的轮廓。那时我刚过十岁，在小镇上小学，寄居在外公家里。外公的家在镇子的最北面，小镇上唯一的小学在镇子的最南端。我每天早晨吃了早饭，就一路南下，像骑马游街的新科状元一样沿街呼朋唤友。那时候的店面很寒酸，不像现在，打扮得金碧辉煌，疑为天上宫阙；货物也很少，没什么可看性。我从街上一路大呼小叫地走过，一起上学的人就从那些铺子里钻出来。我身后的人如雨后春笋般增多，壮大了队伍，呼朋唤友的声音渐由春雨汇成夏雷。喊最后几个同学时往往把他们家狗和鸡都吓傻了，呵呵。

那个学校是希望工程援建的，才落成不久，气势恢宏，在镇上建筑群里也算鹤立鸡群。不过旁边还有一所初中，小学与之相比就相形见绌不少，只能屈居为镇上第二大建筑。不过，我们能在此念书已相当自豪了。小学在那个时候没有食堂，上午课一上完，我们就争前恐后蜂涌而出，一路向北。因为急于吃饭，归心似箭，都像吃了败仗的残兵败将，跑得不成队形，很没气概。所幸街上车辆稀疏，才没引发交通事故。缘于这段经历，上了初中后我就老跟同学吹牛，声称我是走过南跑过北的。信以为真的人立马对我刮目相看。遇到些死活不信的小顽固，我只好对他坦白，说我在小镇上上学时是向南走、向北跑的。

我外公养了一园子花，他经常在夕阳西下的当口背着背篓出去拾牛粪，用以作花肥。我认为这是一件有趣的事，就也跟着去，每当夕阳苟延残喘地只在西山上留下半个头的时候，昏黄的光就染上镇子上的小楼，染上绿油油的庄稼，也染上远山，整个镇子宛如被新娘的盖头映衬着的脸，美艳绝伦。这是镇子最妖艳的时候，也是我最安静的时候。行走于泥土路上拾着牛粪，感受着夕阳洒下的余辉如轻纱般从眼前滑落，我觉得就是世上最浪漫的事。可是，这种浪漫却是一去不复返了。如今的小镇车如流水马如龙，汽车尾气和车轮扬起的灰尘遮天蔽日，到处一片灰蒙蒙。我外公也已去世多年，物非人也非。

小镇上以前有一家照相馆，老板娘心灵手巧，兼营理发，后来发现她在楼下还开了个茶馆，心想难道她有三头六臂？我外公常常去茶馆喝喝茶，找一些老人唠唠家常。我死乞白赖地跟着去了几次，才知道这里号称茶馆，实则不然。在茶室的隔壁有个小隔间，里面嘈杂异常。经常听人高声吆唱二饼七碗的，很是疑惑，后来仔细一听才恍然大悟，是二饼七万。但是，儒雅之士还是占主流的，我在这儿总能听到喑喑哑哑的二胡和一些古典而清雅的音乐，备受熏染。我的少得可怜的一小点艺术细胞大部分都是在此得来的。不久前，我旧地重游，发现哪还有什么茶馆，原址上已盖了三层洋楼，据说全是老板娘的，她在底楼开了个超市，生意兴隆，财源滚滚，一样顶过去三样。我在小镇上转了一圈，很多麻将桌几乎摆到了马路中间，来往车辆的聒噪都难掩刺耳的"哗啦"、"哗啦"声。人们似乎已不需要茶馆了。

小镇上的那条河在十年前还很清澈，每逢夏天，我总是趁外公外婆午休之机穿着短裤偷跑出去，约几个志同道合的朋友一起凫水。一下水躁热顿去，清凉沁心入脾，看着远处的空气被骄阳燃起的火焰似的景象，极度高兴。我们常常在水中流连忘返，好几次都是外婆拿着柳条来恭请回去的。悠尔十年，这条河就成了聋子的耳朵，成了摆设，一小股水走走停停，欲流还休。这倒罢了，仔细一看，那水居然五光十色，内容丰富，水变成这样，别说穿棉袄洗澡，穿潜水服我也誓死不洗！

小镇在时刻变化着，日新月异，它越来越大，越来越繁荣，也越来越脱离我记忆中的形象。走在这样的小镇，我总有一种疏离感，时间已在它与我之间划出了一条鸿沟。幸运的是，尽管它已变得陌生，可我还是喜欢它，喜欢它就是喜欢进步，哪怕进步中伴生着我讨厌的事物。我喜新而不厌旧，我喜新念旧，我怀念留在记忆深处的那个小而祥和的小镇。它刻录了我童年美好的记忆，装裱了我成长的脚步，泊在了我的梦深处。让我时常情不自禁地去思念一切被时光斑驳的事物。

作者简介
FEIYANG

晏耀飞，笔名北海没鱼，生于楚地。热爱简洁、隽永的文字。喜欢中国古典文学和五四文学，听最流行的音乐。希望四季如春，六月飘雪也勉强可以接受。疯狂追逐韩寒、苏童和余华。未来奢望能有自己的一套房子，面不面朝大海都无所谓了。最开心有朋自远方来，飞来横财。（获第十三届新概念作文大赛二等奖）

最初的理想  ◎文/张晓

我的理想还在那里，可是我已经看不见它们了。

从不愿意和别人谈理想，没有经历过的人不会知道，那是一个多么沉重的话题。

一直过了很多很多年，回到曾经密不透风的水泥森林里，街道依旧宽整，霓虹依旧绚烂，只是再没有人唱往日的歌，只是理想已经不在。我们在某个路口分别，然后一个人走新的路，听新的歌，某一天再抬头看向天空的时候，就会发现，那些曾经熟稔到以为永远不会遗忘的人和事，已经遥远到隔了苍山泱水，再也触摸不到。

理想是最精致的水晶杯，可是一旦碰到现实的墙上，就只剩下了满满一地的碎玻璃。而年华是抓摸不到的流质，在静谧中就会洞穿我们的身体，留下灼灼的痛。

我渐渐发现，成熟的过程就是那壶叫做醉生梦死的酒。我的理想正在被一点点淹死。

高三的这些日子里，课间一块普通的酥饼也会显得格外诱人。想起了张爱玲那句话，他们的茄子特别大，他们的洋葱特别香，他们的猪特别该杀。高三，我们的酥饼特别诱人。这段岁月让我知道，只有在最单调的背景下，才会有真正的甘美。繁华与喧嚣会掩盖一切。

某个难得的假日，我花掉整整一个下午的时间单车穿越半个市区，看着建筑物和街道一路从苍凉变作繁华。鞋面上积了厚厚的一层粉尘。

　　一层相思一层灰。不知是何物，零落成泥。

　　在市一中凯旋门式的大门口我站了十几分钟看那些张贴出来的名字，那些人今年走入了大学，我不知道其中有多少人的心情是真正的波澜不惊。

　　我站在那里把手插进裤袋里静静地数，去上海的只有七个人，我来来回回走了两趟，仍旧没有找到第八个。在此之前我曾经了解到我们学校考去上海的只有三个人，两方加在一起，一共只有十个。十个人走过了那座桥，而对岸，是我魂牵梦萦的上海。我知道自己的希望多么渺茫。可是除了接受这场几无胜算的决斗，我没有其他的路径。亮剑。

　　在市一中门口的音像店里我缠住售货员问了许多问题，我把我喜欢的歌手一个个列举出来，然后等她一个个否定掉。叶蓓，陈绮贞，朱哲琴，她们的一件作品我也没有找到。我在怀疑售货员的工作能力，她在怀疑我的品位。后台有好多国外的音乐作品，PinkFloyd，Linkin-Park，Vitas，价格贵得让人瞠目结舌，我无银问津。始终没有习惯重金属，没有习惯Vitas商业化的高音，以后再见吧。

　　最后还是买到了高晓松的作品集，好久没见到麦田的音乐了，也算是一种幸运吧。我总算找到了我的四叶草。

　　晚上出来上网，写一篇久未完成的小说，玩一款最近人气颇旺的网络游戏。听说安妮做了妈妈，暗暗地祝福她。

　　某个有雨的夜晚，我一个人站在学校数千平方米的自行车停车场上。夹杂着氤氲水汽的风从我的身侧凌厉地穿过，我看到了天空边缘被雨迹模糊了的霓红。

　　我一个人单车穿过整条行人比肩的街道，上网，在日志上与我的朋友们告别。

以后的一年我会有很多的事情要做，我要丢开一些东西迎接我的十八岁。

日志开通半年以来我投入了相当的精力，我把自己平日的"私人"文字搬到那里展示给了所有人。虽然每个人都有每个人的故事，但我仍旧希望所有在这里与我擦肩而过的人们能够从我的文字中看到青春给我留下的痕迹。

我决定要离开去做一些事情，它们很重要，承载着许多不容推拖的东西。我要把一种坚持了十几年的坚持坚持到最后。走到今天真的不容易，这些年我的付出足够壮烈，我必须得到些什么。

许多事情被我错过了，忏悔已经无关结局。但我的绝望埋藏得很深，我有我的信念。

Even now there is still hope left.

普罗米修斯这样告诉全世界。现在我把这句话重复给我一个人听。希望永不磨灭。

我在十七岁，向我的青春告别。

再见，我的那些停留在山坡上的岁月；再见，我爱过的那些朋友；再见，我最绚烂的年华；再见，我的那些开在远方的花儿。

在泛滥的时光河岸，我们总会长大。

中秋节的夜色漫下来的时候我和朋友一起吃了一顿略显奢侈的晚餐，这个月的生活费只剩下了 200 元，可是在月末我还是拿了出来请朋友吃饭。我不再像以前一样不顾一切地写我的文字，所以从父母那里领到的生活费成了我唯一的收入。我暂时还不必为生活忧虑，所以其实我很幸福。在小餐馆的角落里我偷偷地摇开了两瓶啤酒，我知道作为一个十八岁以下的高中生这很过分，但时间可以替我保证这样放纵的机会只有那么一次。

从月初我便开始把大本大本的习题集抱回来摆在桌上，以至于周围的同学在笑我"烧包"。我只是想要努力挽回一些这两年来从我指尖的缝隙里流失的光阴，时间真的是一种很神奇的东西，快得连光也追不上，一回头，便已经沧海桑田。其实我很明白那些习题中很大一部分可能会把空白延续到很久很久以后，可是我无法说服自己跳出这种非理性的状态，我像溺水的人抓住了一根救命稻草一样，不敢放手。我知道曾经无数次浮现在我梦境中的上海已经离我越来越远，每当想到这里我就会感到恐惧。我能感觉到南京路的人流正在从我的梦中淡去，和平饭店厚重的外墙正在淡去，东方明珠的流光溢彩正在淡去。我想要挽救，用这最后 256 天的时间。

本来想在那个晚上抽时间完成我的一部中篇，补上那最后差缺的几个片断，可是一直到十点钟我都没能履行自己的计划，因为那个夜晚真的很美好。

路过教室的时候有同学拉我去操场，好多同学聚在那里。我看到很多人围成圆圈坐在露天的空地上，一袭袭白衣被风吹起来，好似散落的樱花。这让我想起了以前和好多朋友在一起的日子。后来我放纵自己躺在同学中央，草屑粘满了我的头发和白 T 恤，我只感觉到有黑色的夜风正无声穿过。夜幕下我们在一起唱《那些花儿》，唱《朋友》，唱《同一首歌》，没人在意我们的声音破裂，嘶哑。我悄悄告诉身边的同学，这样的机会极是难得，没有人会想到我们这群在化学方程式里摸爬滚打的理科生也会有这样的情怀。感谢青春赐予这一切。

走入高三我开始变得清醒，我知道我成为一个真正作家的可能性已经微乎其微，同时我也知道我不可能做公务员在官场逢迎，我不可能做白领去看老板的脸色。可是我的父母不知道。他们以为有一份收入稳定平淡舒适的工作我就会幸福，可是我的幸福不在这里。上苍怜悯，我宁愿去做流浪歌手的情人，我宁愿去做普罗旺斯的花匠，我宁愿死在央金玛垂怜过的幡旗下。

我的幸福是一种细碎的东西，不是那一片庞大的虚无。

我终于发现，这么许多年我只是在进行一场赌博。我在不知不觉中卷入了一场迷局，在其中杀得天昏地暗。我押上了整个青春作赌注，只是为了赢取那片连自己都不知道此为何物的虚无。人总是这样，全力以赴地争夺，却不知道最宝贵的东西正从指间一点点流失。那是我们一生的幸福。

我知道做一个空想者是多么的愚蠢，我不能坐在那里一动不动等高考的洪水漫上我的脖子没过我的头顶。既然这场洪水无法阻挡，我就选择做诺亚。我会在毁灭的边缘对自己进行一场旷世的救赎。

在高中三年的最后几个月里我要开始动手做一些事情，我要用我的决绝砍掉自己身上那些惹人耻笑的把柄。我不是一个甘愿被时间勒死的人，所以我要强迫自己放弃一些挚爱的东西参与一场乱纷纷的争夺，并且，我要做到优秀。为了我追随了多年的梦想，为了我飘零在远方的爱情，为了不辜负我那即将死去的青春。

经常在晚上蹲在学校门口，吃下满满的一袋爆米花。可是内心深处的那片空洞总是填补不了。灯光和月光纠缠在一起洒下来，我一次次地告诉自己：没关系，会好起来的。我感觉自己像一位笃定的法老，将灵魂封存在了干枯的躯体里。然后在寂灭中匍匐，静静地等待三千年后极乐世界的永生。

作者简介
FEIYANG

张晓，1990年6月出生于山东济宁，双子座男生。八岁第一次发表作品。性格始终游走在浮躁与沉郁的边缘，极具两面性。喜欢安静，可是自己很聒噪。喜欢明媚，可是害怕阳光。想要有一种从容不迫的生活，有吃不完的冰淇淋和善良的朋友。有一种热忱，至死不渝。（获第十届新概念作文大赛二等奖，第十一届新概念作文大赛二等奖，第十二届新概念作文大赛二等奖，第十三届新概念作文大赛一等奖）

邂逅一场旋律 ◎文/方慧

也许会有很多很多这样的时候，也许会有很多很多这样的场景，无意中听到曾经听过的歌，你会在那一瞬间，停下手中的一切，静静地，静静地，愣住了。

可以是小时候很喜欢很喜欢的动画片的插曲，也可以是曾经很讨厌的广播体操配音，可以是你在老旧的收录机里一次次来回摁键播放的那个年代的流行，更多的，会是现在嗤之以鼻的俗烂的爱情片的背景音乐。你可以从来没注意过它的歌词，甚至，如果那是一首外国歌的话，你根本从来都没有听懂过它的歌词。

等时间一点点向后推移，到你长大了，你不会再回去看那些电视剧，不会再拿出以前的旧磁带和旧电视剧。你会住进新的城市，有了新的生活方式，喜欢上新的口味的饮料，当然，也就有了新的喜欢的音乐，新的喜欢的歌手，新的喜欢的电影。甚至也许，你不再像小时候一样有耐心看连续剧，曾经每晚守在电视机旁等候下集的感觉和味道，也就永远永远离开了，再也再也不会回来了。

可是有一天，当你偶然整理旧物，看到一叠一叠灰迹遍布的旧磁带，你会很好奇很惊喜地把它们放进新的播放机，静静地坐在地板上歪着脑袋听得出神。有一天，当你在一家咖啡店门口避雨，店里面很反常地在悠悠地响起几首经典老歌，你会忘记等不到雨停的焦急，忘记没有人给你送伞的孤独，呆呆地站在湿漉漉的雨水里，身边的一切嘈杂混乱都会在瞬时间消失无痕。

你会发现，你就这么地猛然回到曾经……

在你狂热地喜欢这些旋律的时候，你身边有哪些人哪些景，哪些心情，哪些细小到不值得记住的画面，或者触感，嗅觉……它们全部排山倒海般地回现，全部排山倒海地回现。

就在刚才，我落笔写下这些支离破碎的文字之前，我静静地坐在电脑旁边喝牛奶。弟弟在一旁看电视，拿着遥控器百无聊赖地换台，无意中在一个频道停留，我听见耳边有很轻很轻，很熟悉很熟悉的钢琴曲。

是幼年时很喜欢的《蓝色生死恋》，屏幕上是那个女孩在海边肆意奔跑的场景，我细细聆听，很静很静的插曲，记得它叫做《爱的罗曼史》。回忆瞬时间肆无忌惮地涌上来，很多很多年前，很多很多个在乡村度过的夜晚，很多很多次在老式电视机旁喝着两毛钱一包的冰袋为剧中人动容，那时的气息和声色，在此刻将我重重包围。

现在当然会不屑于看那部片子，当然不会痴迷于虚幻而不现实的爱情故事。

可是那些旋律呢，可是那些窸窸窣窣的心情呢。

我很清楚地记得，那个年代还专门为这支曲子写过一些文字：

一个人的时候，我会在内心深处一遍遍重温这支钢琴曲，让尘世的阴翳沧冷在曼妙的旋律中柔和地消逝。让心灵进入一个葳蕤旖旎的恬静世界。

一只宁静的曲子，可以让喧嚣的俗世瞬间成为一方净土，让浮躁烦琐的心灵刹那变得安然淡定。

它们就像谢下来的花朵，糜烂腐臭，消逝无痕。可是，时间越久远，你就会愈加发现，它们全部没有消失，而是一片一片地，凋落在你心底，被你无意中珍藏在心里的某个温暖角落。

直到旧时旋律再次响起，它们仿佛就是在等待着和这个时刻的邂逅，然后瞬时间从黯涩斑驳的时光背影中纷纷挣脱，纷纷怒放……

宛若重生。

作者简介
FEIYANG

方慧，女，1990年5月生，现居上海。10岁即在杂志开设个人童话专栏，中学时期在《中学生学习报》等报刊杂志发表小说散文数十篇。长期在《中国校园文学》《意林》《中外文摘》《萌芽》《文艺风象》等杂志发表文章。(获第十一届新概念作文大赛二等奖，第十三届新概念作文大赛二等奖)

做客  ◎文/柳敏

梁实秋在《请客》一文中这样说："若要一天不得安，请客；若要一年不得安，盖房；若要一辈子不得安，娶姨太太。"在他笔下，家常的朋友聚会变成风趣的盛大工程。主人快乐而无奈，忙忙碌碌一整天，最后哈欠连连还不好意思和客人说散席。而客人，却如同应约而至的矜持饿狼，明明想要扑上去美餐一顿却又碍于情礼欲食还休。一但主人说出"解禁"的咒语"还客气什么就当自己家吧。"饿狼们立刻"原形毕露"，真比在自己家还实在。

我自不是能请客的人，但做客还稍够资格的。大表哥办喜宴，乌央乌央的喜酒吃了没多久，我大侄女又诞生了。生孩子毕竟是大事儿，亲戚又请一大堆。像这样的喜宴在自家是绝对摆不开的。作为亲戚之一，我跟我爸妈去吃"满月酒"。初入座不免有些冷清，看看我姥姥家这边的亲戚便可见些端倪，我二表哥没回来，表姐上班，小表妹倒是在，可这是个时刻在"捡金子"的孩子——除了沉默还是沉默，也不知道她捡到了多少。然后就是姨和姨父了，咋呼的咋呼木讷的木讷，谈论的话题永远离不开 money，我不能不感叹他们的实际。

我还在想"生孩子就是不如结婚啊，人气少了很多呢"，刚巧有一高个儿中年男人进来了，我妈对我爸

说："那是小大大（小叔叔）。"我爸也没称呼他，只是和他握了握手，"小大大"寒暄了几句，"啊，这是那谁吧，以前没见过。"我妈又指着我，"叫姥爷，快点！"我用一声"啊？"作为缓冲，缓冲完毕后才进入状态地喊了句"姥爷。""姥爷"还和刚才一样净说些众所周知的真理，"呀，这你家孩子呀，"他又看看小表妹，"真是，谁家的孩子长的像谁。"

打完招呼他便到别的屋去了，我才反应过来来吃"满月酒"的不止一桌。大表哥又重新安排饭桌，"男的在这屋，女的去那屋。"我因动身较慢，只得和我妈一起到隔壁房间里去，而大姨小姨早就大转移到隔壁的隔壁了。我进屋一看，没一个认识的，个个都像从空气里的某个分子里蹦出来的一般，冷不丁的就冒出来了。除了"女的"还有一个可以当古董摆到博物馆里的"爷爷"——我妈让我叫他老姥爷。另有三个"弟弟"——就连最小的可以自由在屋里撒尿的那个我都得叫他舅。我的慢动作把我扔到了一堆古董级别的人中作为惩罚，我只能忍受着一堆陌生的面孔装傻充愣，并且反常而做地的当起了懂事乖巧的"服务员"，给在坐的舅舅姥姥们分了一圈餐巾纸。

按我们这屋在坐人员的性别来说，并不全是"女的"。那些被排除在"男的"之外的男性恐怕是被归为不能喝酒的一类了吧。

女性为主的餐桌相当实际，姥姥们——比我妈大不了多少——吃吃喝喝，舅舅们吵吵闹闹，果真跟在自己家里不相上下。负责看孩子的姥姥还不时给舅舅夹菜，服务员端上一盘鸡，胖姥姥拿了一个鸡腿放到小舅舅盘里"来，给你个鸡腿吃。"小舅舅对鸡腿不感兴趣，拿着杯子抿着嘴喝雪碧。胖姥姥又像讲狼外婆的故事一样吓唬小孩，"少喝点，喝多了就醉了。"

菜吃到一半，舅舅们便坐不下去了，差不多有五岁的那个跑出去玩了，刚会走路的那个也吵着要出去，他的小姐姐跟在后面陪他，跑进跑出甚是热闹。大概是雪碧喝的有点多，小舅舅委屈了一会儿就当众脱起了裤子，站在地上撒了泡尿。全桌的人都当作什么都没发生，该吃的吃该喝的喝。胖姥姥看老姥爷不怎么吃东西，又把刚才给舅舅那个鸡腿放到了他盘里。

等到菜都吃厌，姥姥们生出离席的念头，但又碍于尚未吃饭又等在餐桌旁有一搭没一搭地闲聊。这时候汤像救火队一样及时赶到，长发姥姥和胖姥姥先各自舀了一碗，长发姥姥还不停的问："汤里的是银鱼吧？"其他人连汤勺都还没碰一下，哪里知道里面是银鱼金鱼？过不多久，芋头排骨汤也上来了。这汤一来，长发姥姥也不讨论银鱼了，一边往自己碗里舀，一边说着"都吃啊，都吃啊。"她想同刚才一样也给老姥姥舀一碗，却发现老姥姥碗里的银鱼还没动。她拿起老姥姥的碗，把汤倒回了汤盆，若无其事的往她碗里舀排骨。

闹闹腾腾地喝了会儿汤，气氛又显出些许尴尬。我想出去走走，刚出门就碰见从楼下上来的爸爸，难不成这就是传说中的父女同心？

"爸爸，咱走吧。"

"店里还有人等你回去。"我妈也跟出来了，在一旁"扇风"。

哥哥留爸爸接着喝点，爸爸假装要再进屋入席，妈妈不甘落后地在走廊上劝说。

几分钟后……

"那我们先走了啊。"爸爸稍稍回头对大表哥说。然后急匆匆地下了楼。我紧跟他后面小跑追随。抬头看看妈妈，她早已演出成功回"后台"了。

直到现在还觉得，我和爸爸当时是"逃"出去的。出饭店后，爸爸说："终于走了，这样喝得喝到什么时候，那屋里就是一屋酒鬼。"他停了会儿，"这都什么辈分，都有叫我姑老爷的了，我还得叫那人姥爷！"当时有一种想握着爸爸的手说"兄弟同感！！"的冲动，但又怕被他误解成是喝醉了，遂作罢。

主人费尽心思，客人应约而到。相识的，在一起叫做热闹；不相识的，坐到一起只能叫做闹腾。由此旧话新说：若要一时不得安，做客；

若要一天不得安，请客；若要一年不得安，结婚生子。

作者简介
FEIYANG

　　柳敏，1992 年 12 月 26 日出生，血型至今不明，很迷糊很迷糊，喜欢偏辣或者偏清淡的食物，喜欢柠檬味道的饮料，喜欢猫。（获第十三届新概念作文大赛一等奖）

如果有一天，你梦想成灰　◎文/谢文艳

生命的泥委弃在地面上，不生乔木，只长野草，这是我的罪过。

这个世界有黑暗，也有光。当我们只看见黑暗的时候，要相信，它们只是光的影子。光才是最重要的，它来自上帝，它有许许多多名字，叫美好，叫幸福，叫信任，叫希望，等等。最主要的一个名字，是爱。

如今长存的，有信，有望，有爱，其中最大的，是爱。

暑假，我接受过两家杂志的简单采访。采访完毕，我乐颠乐颠打开 word 文档开始写稿子。一个已经毕业开始打拼生活的学长发来抖动窗口问我在做什么，我便如实禀告。

学长沉默了一会儿，然后回过来一句话，他说：曾经那些年，那也是我的梦想，原来，你也是一个文学青年。

就是这句话，让我产生了无尽的恐惧。这种恐惧弥漫在内心深处，整整两个月，走到现在，我的思维都陷入到一个空乏的境地，挤不出更新鲜的文字语言来描述这渐渐皈依平和的人生。

有一个朋友曾经在教导我时，念书本上一句原话给我听：你一定有爱着什么东西的，一定有的，爱到你自

己也不想承认，自己也想不明白。

而我的回答是，是，有的，它叫做梦想。

可如果有一天，你梦想成灰，你该如何更为清醒地认知你过往中的自我？

你一定梦想过成为最伟大的政治家，可是现在你开始明白这个世界上最肮脏的莫过于政治，想要站得高获得很多，你必须踏着一路尸山骨海，举着最最沉重的微笑一路走下去；

你也一定梦想过做战地记者，成为镁光灯下的名记者，一段文字叙述下来都会被人们津津乐道，可现在你整日庸庸碌碌地行走在人群里，你被隐没在茫茫人海，碌碌无常地写着家长里短、交通路况的枯燥新闻；

你也曾幻想成为鲜衣怒马少年郎，仗剑走天涯，披一身荣光站在理想的彼端，仰望曾经仰望过的星空，然而现实是，你依旧行色匆匆地在应对着生活扑面而来的各种沉重压力，连面对自己理想的时间都紧锁在了过往的抽屉里，惹上一身尘埃。

小时候，你曾经梦想过要拯救全世界，长大了，你才发现，全世界都拯救不了你。

现代人的生活被越来越多的物质和忙碌的生活、焦躁的鼓点充斥，我们越来越流失掉记忆里曾经美好的东西。我们连爱，都开始爱的那么自私。爱时我们想方设法地索取，被爱时我们理所当然地挥霍，世间的意志空洞苍凉，而情爱与理想欲盖弥彰。诚然，我们是俗世之人，为世情所困扰。可我们应该停下来，去认识自己。

去开封旅游，经过佛寺，我看见一个菩萨就进去跪拜，许愿时，我一律许成让我进新概念大赛吧，让我走好文字的路吧，让我写好我的书吧。所以后来我真的进了新概念大赛时，我一度以为真的是我的诚心感动了菩萨。我把这些讲给朋友听，他嗤笑我说：跪拜菩萨是要还愿才灵的。你又没还，谁搭理你啊。他们有空了还去炒股呢哪顾得上你那空泛不切实际的东西。

你看，这种有钱人最最鄙夷我的理想。可是朋友又说了：小姑娘，自助者天助，你该相信你自己。有些时候，我们只是需要一个在无助时温情的拥抱，在捉襟见肘的时候寻得稀少的慰藉。

深夜，未曾入眠。去洗脸，看见镜子里自己年轻寂寞的脸，是模糊的光影。窗外，只剩下匍匐在黑夜里尚且未曾入眠的昏黄灯光，在广阔无垠的暗色天空之下发着微弱的光芒。冷冬渐渐逼近，秋日枝叶凋零，疏桐几许随风潜入夜，只觉消沉无比。在这样青黄不接的年头里，每到上学期这半年，日子过得像一生那样漫长且疲惫。而我们的一生，却又在漫长中跋涉，无可回避。浮世情仇的荒芜凄凉，颠沛流离的悲欢离合。这人世看上去繁艳至极，却如同蛀空的城，空余那外表的繁华，内部虚无且不断侵蚀。

"原来我非不快乐，只我一人未发觉，如能忘掉渴望，岁月长衣裳薄"。林夕说这是他写过最悲凉的词。

在逼近截稿的日期里，我的 word 文档却依旧开着天窗，我悲哀地发现自己的灵感进入了所谓的瓶颈的时期。发着呆坐在电脑前几个小时依旧一个字敲打不出来的时候，我就开始找书看。我仰望的那些人们，他们闲情逸致的时候，总是说：年轻的姑娘们，如果有时间的话，多看看书。看书可以提升一个女孩子的气质。真的，请相信。

我喜欢翻看那些要么繁华绮丽要么孤独致死的境界的书，前者需要有承欢悲凉的心后者需有敌对孤独的勇气，这种人生，都是我可望不可即的。法国先锋小说家菲利普·福雷的《然而》，是我目前的最爱。一段艰难且孤独的心路历程，遗忘完成了它的轮舞又回到了记忆的起点。诗意的语言在逃离、遗忘、寻梦、死亡等哲学问题上自在穿行，用梦一样的人生，学会隐喻的表达。

我在夜晚华灯初上之时开着电扇关闭电脑坐在台灯前温暖的灯光之下阅读，以此忘掉那些生活中令自己悲凉绝望的事情，比如灵感枯竭的稿子，比如说令我杯具的建筑力学和数学，比如燥热的天气。

我的手边有一个粉红色的本子，是一期《花火》赠送的副刊，上好的空白纸张，我将它当做了摘抄本，在图书馆看书或者走到路上想到好的句子的时候，就会用笔把它记下来。我从来不信奉我的记忆力，哪怕它能背出很多纳兰词，我还是要依靠我的笔力来帮助我已经开始退化的记忆力。

岁月的悲哀，不是我们人生的悲哀，而是我们成长的悲哀。

我始终信奉自助者天助。于是开始在茫然和煎熬中努力地行走。我要所有人看到我的努力，看到我的辛苦，看到我的付出，到了最后，看不到结果。

大多时候，我常常将自己陷入黑暗中，那个时刻，我才觉得自己对待自己的忠诚，我没有哭过，我觉得我足够忠诚自己。

可是有天晚上回去给电脑重装系统时把一个月来写得所有稿子上万字的东西粉碎于电脑中的那一刻，我伪装的全部坚强开始碎裂，于是在多个不眠之夜过后的那个夜里，我终于对着空旷的房间开始嚎啕大哭。蓄积过多的悲伤，那一刻汇综成伤口的海洋，涓涓而出。

我有一个朋友，他算是富二代，高干子弟，父亲是政府高官，母亲是商界要人，而他自己，则是顶着光环成长至今，长得帅，篮球打得很好，英语和老外对话没有问题，还有很多女孩子追。要风得风的男孩子，在出国选择去美国还是德国的前夕却退缩了，在那天晚上听我哭诉完我的所谓烦恼以后，他轻轻地说了一句："小瓷，我有自闭症，你不知道，有时候，兄弟们就在床的对面，可是我连和他们说话我都用发短信的形式，拒绝和身边的人作直接的交流。"我听完后，在反应过来之前，几乎要怒声大骂，在他衣食无忧地憧憬着自己的康庄大道的时候，还有多少人挣扎在自己的生活里看不到前路在哪。可是，在我听懂他的那句话的瞬间，忽然有一种很空旷的落寞瞬间袭击了破裂的内心。

他说："小瓷，你还有你的追求和梦想，你比我幸运。而我自小在父亲的阴影之下，我没有出路可走。"我张着口，却再也说不出安慰的话来。

人即使拥有再多无知的支持者，终场熄灯时面对的，仍是孤独的自我和试图自圆其说的挣扎罢了。于是，我开始醒悟，也许细小琐碎的生活才是人生最美好的姿态。

有一段时间，我经常随着一堆人出入各个KTV，夜晚去黄河边游玩，飙车，坐在飞驰的车上任凭头发打得脸颊生疼，看城市里那些炫目的灯光将自己的心拨乱，然后迷失。

我没有后悔过什么，青春就那么短，总有一段时间是放肆的，我为什么不可以拥有。毕竟那曾经是梦中出现过的生活，我仰望过，然后走过，然后再鄙弃它。

我的生活脱过轨，随着一些人的脚步颠簸流离，走过一段不是自己的路程。

所幸的是，还有一天，我拼着自己的力气，重新将自己的人生搬回了正轨。我可以匀出很多的时间来想念父母，每周固定给他们打电话，我也感激他们给予我这些平凡的生活，我不是很有钱，过不上奢侈的生活，但我不需要为每日三餐去担忧，还可以买朋友出的书，还有零钱来买零食和新鲜水果，偶尔还能拿到一些稿费滋润一下自己的生活；也不是很漂亮，但也算耐看，也应该有人爱，我的性格也不好，我的心总是被很多莫名其妙的小情绪纠缠，但我还有一堆很合拍的朋友陪我疯陪我闹，我面对有些让自己无能为力的事情时会偶尔有些自卑，但是我很多时候还是足够自信的。我喜欢写字虽然做得不是太成功，但是我也努力了让自己进入了新概念复赛，圆了自己的年少时期的梦，让自己的青春不至于太过于遗憾。

如此，青春，我一直在路上，做着自己喜欢的事情，原来我非不快乐，只我一人未发觉。

如果有一天，我们回忆过去，问自己一句：过去有没有一种东西，是自己爱过的，却在自己行走的路程中，渐渐地把它给丢弃了，等想再回顾时，已经是百年身。

我尚记得有这样的晴日里，在多年之后被繁琐的工作和虚与委蛇的人际关系折磨得找不出如今清静模样时，还记得回望过往曾经时，若有人看见一个叫做谢小瓷的女孩子，然后问她一句：你还记得当年吗？曾经有很多人喊你美女作家呢。

彼时，我会愣会傻，会想起那些已然成灰烬的梦想，然后微微回忆起青春。我们深知岁月长远，没有一份感情抑或一个理想的坚持可以长过一生，我们曾经执着前行，那段被孤独浸染的旧时光，静置在记忆里，散发着微光。而这光，终会渐渐沉隐。

所幸，我们现在还有着希望。而希望，是这世间最最美好的事情。

作者简介
FEIYANG

谢文艳，笔名谢小瓷，女，1989年生，性情温和，个性自我，走过一段个性使然的人生，后在父母的一再扶正之下，步入正轨。在自我的人生定义里，伤害和残缺从来都是人生的主旋律。深信一句话：生之可贵，便死之可幸。平凡女子，平凡梦想，安静写字，安静旅游看过眼风景，安静生活。（获第十三届新概念作文大赛二等奖）

第 3 章

杂碎点点

我会与你交杯，可是那桥段，早已终结在半年之前

我爱你，再见

◎文/刘创

时隔半年，我们再次相见。

凤凰城宜宾酒店的一间包厢里，灯光柔和地照在大家的面孔和菜肴上，觥筹交错，四处都响起清脆的碰杯声。我坐在椅子上，和身边的老同学交谈着，眼睛，却离不开你的身影。

你端着酒杯，从班主任那儿开始，一个个地轮流敬酒、交谈。时隔半年，你还是那般受大家的欢迎和喜爱，不管是在男同学还是女同学中，你都有那样好的人缘和口碑。

美丽大方，学习优秀，干事麻利，成熟大度，心地善良，这样的你，当初是多少男同学梦中的情人？

半年不见，你依然风采不减，全身散发着青春的活力。与同龄人相比，你总是体现出一种独特的年轻人的活力，使得大家的焦点自然而然地聚集在你身上。几杯酒下肚，你的脸颊有些泛红了，在那昏黄的灯光下，平添了几分可爱，又有几分女性的妩媚。

终于，你到了我身前。"班长，我敬你一杯呀。"你往杯里添满了酒，举在胸前，笑靥如花，声似清铃。这样好的喉嗓，唱出来的歌，一定很动人吧？怪不得，你那么喜欢唱歌了。

我站起来，在大家的注视下端起酒杯与你碰在了一起。刚要喝下，不知哪个好事者起了哄："交杯交杯，喝交杯酒。"大家顿时跟着叫起来，"交杯，交杯，交杯！"班主任笑着看着我们——这对昔日的左臂右膀，一个班长，一个副班长。

我望着你，你望着我。你举着的杯子，却迟迟没凑到唇边。你是在等我的回应么？

我迟疑了一会儿，终究没将右手与你的右手环绕，仰头一倾，酒杯里的液体消失不见。

你眼睛一眨，低下了头，让我看不到你的眼神。你是故意的吗？你知道，我只要一看你的眼神，就能知道你心里是开心还是难过，是快乐还是哀伤。

待你再抬起头时，已闭上了眼睛，酒杯往喉间一送，满杯饮尽。然而，我感觉得出，你是带着怨气的。

也许在半年前，我会与你交杯，可是那桥段，早已终结在半年之前。

我从未想过，这是一个开始。

2009 年 8 月 31 日晚，是所有中学新学期的起点。特别是对于我们补习班的学生来说，未来的一年是决定未来的一年。经历了高考的失败，我们选择给自己再尝试一次的机会，并把这看做一个新的起点，我却未想到，我早早在教室定下的那个座位，却为我和你之间埋下了伏笔。

这天晚上，因路上堵车，我姗姗来迟。到达教室的时候，已经人头攒动，满室皆人。我往自己老早定下的座位一看，还好，是空着的，桌子上用粉笔写下的"座位已定,请勿占,谢谢"还十分鲜亮地躺在那里。我庆幸地吐一口气，走到自己的座位坐下。

谁知我却忘了带抹布和纸巾，当初为了醒目，桌子上的字写得硕大，布满了整张桌面。现在糟糕了，手臂根本不敢往桌面上放。

"喏。"一个人推了推我的胳膊，递过来一包纸巾。我转头一看，看到了你。

于是，我们第一次相见了。

我欣喜地说了声"谢谢"，接过纸巾，擦起桌面上的字来。

将近七点钟的时候，老师来了。简单地作了开学前的演讲后，就下发了一份表格让我们填写。我拿过表格，这才发现，自己连支笔都没带。我扭头看看你那边，你也只有一支笔，正在填写表格呢。当你填完表格后，将笔放在桌子上时，粗枝大叶的我二话不说，拿起你的笔就填写起表格来。后来你不是还告诉我，当时还觉得我很没礼貌吗？呵呵。

就这样，我们做了两个星期的同桌，慢慢从陌生到认识、相熟。可我们一定没想到，后来，还会相恋吧？

如今想起来，会不会是在做同桌的那两个星期里，爱情在我们的心里悄悄地埋下了种子？

我是个乐天派，开朗好动，喜欢和人打交道，不论是与同辈还是长辈之间都能聊得开，不会与人产生隔阂；而你，是个十足的活雷锋，乐于奉献，喜欢帮助别人，集体感非常强，办事能力也很棒。就这样，两个星期后的那个晚上，在班主任的任命下，我和你分别以班长、副班长的名义被四十三位同学所认识了。后来你告诉我，因为是补习的缘故，你起初并不想担任班干职务，只想一心一意地专心学习。当班主任找到你，问你是否愿意担任副班长一职的时候，你本想拒绝，然而只是随意地问了一句：班长是谁？班主任说出我的名字后，不知为什么，你却接受了副班长的职务。难道，从那时起，你已经对我有好感了么？还是冥冥中的命运注定？

你我都没有想到，接受任命后的第一个任务，就是换座位。这也意味着，我和你将分开，不再是同桌，因为，所有的高中排座位是都是同性同桌。当时的我们，也才相处两个星期而已，只是觉得对方都是不错的同学，学习不错，性格不错，当然啦，我觉得你长相也不错，不然怎么会有那么多本班、甚至其他班的男同学喜欢、暗恋你呢？于是只是觉得，不做同桌有些可惜、遗憾了，也并未想太多。只是在安排座位的时候，我们却心有灵犀地将你我安排在了相距不远的斜对角——我在你的左下方，你在我的右上角，我可以随时看着你，而你，也只需一转头就能看到我。

这样的安排，竟在悄然间开启了我们之间的爱情之门，这一开，就无法自拔。

后来回忆，从那天起，整整一个学期，我们几乎没有一个周末是不相约的。

第三个星期，也就是我们作为班干部以及不做同桌的第一个星期，老师吩咐我们去买班级用的体育器材。于是我和你相约在星期五的晚上一起上街购买。晚上一起吃了晚饭后，我们各自回宿舍洗澡。五点五十五分，我提前了十分钟到你们宿舍下面的大门口等你。六点钟，你准时出来了。

紫蓝色的连衣裙，衬托了你苗条的身材，头发还未干透，湿湿地披在后腰，发尾微微卷起并互相勾搭着，你说，那是因为很久以前你烫过头发的缘故。头上戴了个白色的、宽边的发箍，微笑的你走出了宿舍大门，吸引了一大片女生的目光。我迎了上去，惊讶地说："你穿这裙子真漂亮，以前没见你穿过呢。"

你笑着说："平时功课那么忙，随意些就好了。穿裙子太麻烦，费时间。"我点点头，心中对你的好感又多了几分。

那晚，在街上行走的时候，我对你说了紫罗兰的传说："在希腊神话中，主管爱与美的女神维纳斯，因情人远行，依依惜别，晶莹的泪珠滴落到泥土上，第二年春天竟然发芽生枝，开出一朵朵美丽芳香的花儿来，这就是紫罗兰。因此，紫罗兰既象征永恒的美丽，又象征着纯洁高尚的爱情。"

你点点头，对我说："哦，这就是紫罗兰的来源啊。"

我说："现在的你，穿上这裙子，就像一朵紫罗兰。"

你笑了笑，没有说话。然而，我却看见你眼中的欣喜。

那天晚上是我们的第一次约会，后来，我们提着一大袋体育用具要回学校，不知道为什么，却都没有提出打车，也没有坐公交，而是慢慢地走路回了学校。一路上，不断地交谈着，说着话，你总是那么爱笑，一路上随着清风，笑声丁零。

自那以后，我们就时常凑在一起，因班级的公事而不断接触、来往着，座位上、走廊里，常常传来我们讨论的声音和玩笑声……来往多了，总不免产生某些风言风语，开始有人问我："你和副班什么关系啊？"我总是回答说："同学关系啊，顶多就是好朋友嘛。"而你对于别人的诘问，回答也是与我一致的。有时候，我们谈论到这些流言蜚语的时候，你就会说："他们说他们的好了，我们做我们的，身正不怕影子斜。"我点点头，表示同意你的看法。

第一次约你的时候，尚且因为公事。第二次约你的时候，则完全与公事无关了。那是第四周周五的下午。还有一节课就放假的课间，我经过你的座位前，在你的书下压一张纸条，并露出了一个角，然而我就去了走廊和那帮男同学们聊天。临近上课的时候，你回到了座位上，我背靠着走廊，面向教室，注视着你。你收拾课本的时候发现了纸条，拿起来一看，然后转头看向我的座位，不在。随后你又看向走廊，正好迎上我的目光。你笑了笑，低下头去，在纸条上写字，随后放到了我的桌面上。我顿时有些紧张起来，你会写些什么呢？我写的是：

今晚有事没？请你去吃砂锅饭怎么样？

当我回到座位上的时候，拿起纸条一看，不禁开心地笑了，你答复我说：

真的啊，好啊！

后面还加了个笑脸。

那天晚上，我们像上次的周末一样，搭上公车，坐着双人的座位往市区驶去。吃完砂锅饭，时间还早。我问道："要不去走走？"你点点头。我知道你不喜欢市区的拥挤和喧闹，我想了一想，带你坐上八路公交车，到新世纪广场，那是全国第三大的广场、宁静、平和、安详，许多人在晚饭后会选择来这里散步聊天，也有许多情侣会钻进大大小小的小树丛里，在昏暗下风花雪月。

那是我们第一次一起来到广场。广场远离了市区的繁杂，连空气都显得那般沁凉。你一到这儿就跑到了草坪上，做个深深的呼吸。我们绕着广场走了一圈后，找了个草坪坐了下来，畅谈着生活、学习、家庭和未来。皓月当空，辰星点点，我们在这样安谧的环境下用着不高的音调交谈着，偶尔的欢笑更是一颗颗开心果，给你我的心情添上了美丽的色彩。时间悄悄地从指尖流淌，不为我们所察觉。当我拿起手机看时间时，已经十点了，而学校的关门时间是十一点。我告诉你已经十点钟了，你"啊"了一声，说："怎么那么快……"声调里满是留恋与不舍，我又怎么会没听出来？

你说："在这里好惬意好舒服啊，我都不想回去了。"

我回应着你说："我也不想回，可是不行啦，学校十一点要关门了的。"

你"哦"了一声，对着我说："我们再待半个小时，十点半回去好不好？"

我本想说："十点半回去还赶得及吗？"看着你的眼神，我没有将话说出口，点了点头。半个小时转眼即逝。十点半的时候，我们在公车站等候公车，却迟迟不见踪影。眼见时间毫不停留地奔向十一点，我招手叫了出租车。

在车上，你对我说："待会儿车费我来付吧。"

我说："没事，我来付吧。"

下车的时候，还是我付了钱。你在我付钱的时候带着不愉快的腔调说："对不起，让你破费了。"

我一笑，说："这有什么对不起的，你真是的。"

后来在进校门的路上，看着你似乎有些不高兴的表情，我问你怎么了，你回答我说："没什么。只是，要不是我叫你再多留一会儿，你也就不用花那么多钱打的了。"

我顿时明白了，你是个多么节俭的女孩啊！我笑道："嗨，这有什么啊，这点小事。"可是，你那简朴的作风却深深地印在了我的心里，在今天这是多么难得的高尚品德啊！

就这样，有了第一次的约会后，第二次，第三次，第四次……

到了后来，周末的约会，仿佛成了约定俗成的事，而那广场，也成了我们每周必去的地方。

终于，你和我，成了我们。

渐渐地，我们在一起的时间越来越多；渐渐地，我们因私事在一起的次数越来越多；渐渐地，我们的短信、电话越来越多；渐渐地，我们离得越来越近……

我知道，我喜欢上了你；我也知道，你心中，应该是对我有意的吧。

可是，我们的身份，并不是普普通通的学生，我们是补习班的学生，并没有时间和精力来恋爱。我们是补习生，曾经的失败让我们刻骨铭心，来到这里，我们为的是再给自己一次机会，再奋斗一年，跨过高考那道坎。这是我们的目标，我们的首要目标，我们最重要的目标，我们最为明确的目标。

在这样的环境下，我又怎么敢让感情打乱你我的步伐？我是多么害怕，我们会迷失在爱情的迷雾里。

于是，尽管我知道我喜欢你，也知道你喜欢我，我还是尽量若有若无地与你保持一定的距离，这就是我有时忽然无缘无故对你很冷淡、不理你的原因。我努力维持着我们尽管对彼此产生了好感、但尽量不明明白白说出来的关系。

那个时候，你明白我的想法吗？我是多么不愿你因我而成绩下降，你因我而影响了前程，你因我而辜负了自己以及父母对你的期望。

可是，你怎么就不明白呢？！

那天中午，你发短信给我说，你因为去小卖部取回手机电池而导致回宿舍迟到，被宿舍阿姨埋怨了一顿。因为学校不允许给手机充电，所以只能拿去小卖部充电。我随手就回了一条：

> 那么急干什么，晚上再去取也行的嘛。

然而，你回复我的信息，却成了一根导火索，点燃了长久以来积郁在我心中的感情：

> 你真的不知道我为什么中午还要去取电池吗？我是为了跟你发短信才去取的！

我再也无法克制住自己长久以来抑制着的冲动，回复道：

> 我知道，我怎么不知道！我知道你对我有意，难道我就不是吗？

之后你没再回复我信息。那天中午，我没法安心地午休，心里泛滥着滔天洪水，无法平静。

下午，到了教室后，我在你的左后方观察你的表情。似乎你并没有什么很特别的反应，而我，却满脑子的混乱，根本听不进去老师在讲什么。下课后，我没有再像往常一样去找你说话聊天，而是低着头在自己的座位上看自己的书。当然，我的余光是涌向你的。而你，也没有再像往常一样去找你的姐妹们玩耍，也没有回头来跟我拉扯着什么班级里的公务，只是在自己的座位上看自己的书。

我们的关系，因为中午向对方说清说明，而变得有些奇妙起来。

似乎更深了，又似乎更遥远了。

就这样，我们仿佛是在打冷战，谁也不理会谁。偶尔目光碰撞到一起，也会迅速下意识地离开，假装望向别处，寻找些什么。一天天过去了，很快，又到了周末。

那天周末放学后，我简单收拾了一下桌面，就出了教室。我的电池还在小卖部充着电，不快点去取，恐怕待会儿就要排很长的队了。

取了电池后，我打算再回教室。我们的教室在教学楼的五楼，爬到四楼的时候，一拐弯，正好看到你走下来的身影，低着头，显得那么沮丧、失落。我们刚好看到对方，顿时两个人都停了下来，互相看着对方，傻愣。终于，你开口说道："我还以为你走了呢。"

我拿起手中的电池晃了晃说："没，我取电池去了。"

你说："刚才一下课你就出了教室，然后我就到走廊去看着校门口，看到有一个衣服和你很像的人出了校门，我还以为他是你……"

我摇摇头，坏笑着说："没有啦。你那么关心我啊。"

你"扑哧"一下笑了，说道："谁关心你啊，哼。"

我"呵呵"两声，示意一起回教室。在教室坐了一会儿，整理了一下一周以来的练习题和试卷，我发了条短信给你：

　　　　咱们出去吧？

"突、突……"你放在抽屉的手机震了两下，你拿出来一看，随后转头狡黠地看了一眼正在盯着你看的我，向我微微点了点头。我高兴地站起来说："六点半，校门口见啊。"

于是我们的"冷战"结束了，关系似乎更为亲密和融洽了。那天晚上，我们去吃了 KFC 和一堆街边的小吃后又像以前一样去广场。公车到达的时候，你我站起身来，就在这时，我鼓起了勇气，拉住你的手，牵着你下了车。

就这样，我拉着你的手，在广场慢悠悠地散着步，有一搭没一搭地说着话。那晚，似乎一切都显得不一样了，我们看不到星空，看不到行人，听不到汽车的轰鸣，我们的世界里只有你我，我只看得到你，听到你的声音，感受到你的温度……

是的，那天，我们终于跨过了界限，成了一对，不再是你和我。

幸福的小时光……

就这样，我们确定了关系。初坠爱河的我们，尝到的只有甜蜜，感受到的只有我们的小幸福。

那天课间，我站在走廊看远处的青山、蓝天，让疲劳的眼睛休息休息。这时，你的好姐妹同桌来到我身边，塞给我一张纸条，然后神秘地对我笑了笑，转身跑开了。我打开纸条一看：

　　下周一是她生日哦！

我笑了，我要给你一份特别的礼物。

12 月 5 日，桂林仍旧艳阳高照。这天，是你的生日。早上升完旗后，我跑到班主任身边，说："老师，今天是副班长的生日唉。"

班主任惊讶地笑了笑，说："这样啊，你们打算搞一个 Party？"

我说："我有这样一个想法，第一堂不是你的课嘛，待会儿上课之前全班给她唱首歌怎么样？"

班主任说："好啊，那你主持？"

我说："不不，你的课，还是你主持好啦。"

班主任愉快地答应了，我笑了笑，随着人流回了教室。

第一节上课铃声响了。

全班四十五个人除了我，与平时没有任何的不同，依然无精打采地拿出书本，摊开笔记，准备上课。我坐在座位上，时不时往右上角的你瞟上一眼，心里仿佛一只小鼓在"咚咚咚"地敲击着，速度越来越快。

班主任终于夹着课本来到了教室，走上讲台放下课本，望着大家说：

"同学们，今天是一个不寻常的日子，一位今天最美丽的姑娘正坐在我们的教室里度过着她的生日。"班主任顿了顿，大家被班主任的话所吸引，开始打起了精神，班主任说："她就是我们的副班长。下面，我想请全班同学，为我们这位寿星唱上一首生日歌，可以吗？"

你平时在班里人缘很好，此时此刻，许许多多的叫好声从班里的各个地方传了出来。我在座位上看着你惊讶的表情，是的，我达到了我希望的效果了，我要给你一个惊喜。

在班主任的倡议下，一首温柔的生日歌从全班四十四个同学的口中传唱而出，"祝你生日快乐"成了班里唯一的旋律，你坐在座位上微微低着头，嘴唇轻轻地开合着，也随着我们唱着歌。歌曲结束后，你礼貌而大方地走上讲堂对班主任和同学们说了致谢的话，眼睛里的泪光微微地闪耀着，虽然没有落到脸颊上，但谁又看不到呢？

后来你告诉我，那是第一次有那么多人为你唱生日歌。是的，那天的你是最幸福的。我也是幸福的，因给了你幸福而幸福。

那天上午，每当下课的时候，就有许许多多的同学临时给你送来礼物，糖果、自制的贺卡、漂亮的笔和笔记本……和你要好的女生还不停地埋怨你，生日到了也不告诉她们，害得她们连礼物都没有准备。这时你已经知道了那天的意外是我的安排，你没有向她们解释什么，高兴地笑着接受他们的礼物和祝福，时不时往我这边看上一眼。

她们没有替你准备礼物，可是，我准备了。

你还记得那条裙子吗？

在你生日前的那个星期五的晚上，我们仍如往常，一起上了街。在经过一家商场的时候，我和你在里面闲逛，你选了一套衣服，然后进了试衣间，我在外面等着你，无聊地往四周闲看着。就是那条裙子，吸引了我的目光。那样修长的裙子，苗条的你穿上一定很好看吧？我去将它取了下来，待你出来后，将裙子递给了你，你接过去，然后又乖乖地进了试衣间。

再出来时，你宛如公主。

不过，一向节俭的你因为并不急需，再加上当时已经是十月份，不知道什么时候天气就会转凉了，所以尽管裙子很漂亮并且很合适你，你却并没有买下它。如果是在平时，你穿上那样美丽的裙子，我一定会劝说你买下甚至替你买下它的吧，不过当时我并没有这样做。

　　因为，我想，就让它成为你的生日礼物吧。

　　你生日的那天中午，当我和你一起吃完午饭，各自回到宿舍后，你会是怎样的表情呢？

　　让我想一想。当我和你在宿舍门口分开，你怀着开心的心情回到了宿舍，笑吟吟地和你的姐妹们打了招呼，然后准备回到自己的床上，就在这个时候，你一定愣住了吧？

　　一个用粉红色的丝巾轻轻地捆着的四四方方的紫色的精美礼品盒，摆在你的床铺上，那样美丽、可爱而明亮，就像你当时的心情，就像你。

　　你一定会说："哇，这是谁给我的礼物啊？"

　　你的姐妹们一个个都偷笑着，向你催促道："你打开就知道是谁送的啦！快打开！"于是大家纷纷嚷嚷着叫你打开礼品盒，你们的宿舍顿时像麻雀的窝儿一样热闹了起来。你拗不过大家，打开了礼品盒，一条白红搭的连衣裙乖乖地躺在里面，等着你将它取出。

　　这个时候，你心里出现的那个人，一定是我吧？

　　是的，那个礼品盒，我早就托了一个你们宿舍的女同学帮忙，放到你的床上。

　　那天的你，是开心的。我也是开心的，因你开心而开心。这是我们幸福的小时光。我是多希望它能持续下去啊。

　　可惜，可惜。

　　可惜，我高调的行为，引来了太多的注意。

　　于是我们的关系，在班里不断流传着，越来越多的言语不断传到你我的耳朵里。经历过那次生日后，一向以为我们只是工作上的好朋友、同班好同学的班主任也开始察觉到了什么。

一个班长、一个副班长，这原本只是在小说中出现的桥段，此时此刻，却原原本本地在你我身上上演着。

班主任开始找我们单独谈话，询问我们之间的关系，毫无意外地，你我都否认了，并说我们只是好朋友而已。班主任语重心长地说，你们都是我的得力助手，左臂右膀，而且你们的成绩都不错，我是非常地看好你们的，希望你们不要辜负了我和你们的父母对你们的期待和赞许，也不要辜负了你们的未来。

可惜，陷入了爱情之中的我们，什么也听不进去。于是，终于在那一天，事情如突如其来的火山爆发，不可抵御的劫难如同岩浆向我们的爱情袭来。

那天下午，第二节是体育课，集合完毕后就是自由活动的时间，你我不约而同地回了教室，在教室后面的座位上，卿卿我我。

外面那灿烂的阳光，教室里舒适的温度，还有笑着的你，一切都显得那么温暖舒心，我又怎会意识到，不幸的发生？

是的，就这么突然的，班主任来了。当时的我，突然觉得气氛有些不对劲，于是抬起头来，越过重重叠叠的书堆往前面一看——班主任正眼冒怒火地盯着我们。

我心中一骇，连忙推开你。这时，你也看到了班主任，坐在我旁边，低着头，我想，你的心也跳得和我一样快吧。

随后，你先跟班主任去了办公室，去了整整一节课。直到体育课下课，你才从办公室出来，走到我面前，低着头说："班主任叫你去办公室。"然后回了座位，并没有看我一眼，我却看到，你的眼，是红的。

这次班主任没有再像以前一样苦口婆心地劝说我，而是十分严厉地下了禁令，禁止我和你有同学以外的关系来往。甚至，还差点儿将此事告知我的父母，最后在我信誓旦旦的保证和请求下才让他将告知我父母的想法作罢。

我回到教室后，看到我的桌子上有一张纸。我不用看也知道，那是谁的。

于是那天，我们一起失恋。

从此以后，我们基本没有了来往。安排座位时，我故意将你我分得远远的；班委分组做工作时，我们也不再在一个组别；甚至连你在走廊与同学谈话聊天的时候，我都尽量避免从走廊经过……

可是，我的心里，仍然有个你。我也知道，你的心里，仍然有个我。

每当考试成绩粘贴出来时，我总会第一个看我们俩的成绩；每次小测验老师表扬有进步的同学时，我最乐意听到的是你的名字；每当你们女生聚在一起开玩笑的时候，我也最希望能听到你的笑声从中传出来。我知道，你的数学是最薄弱的；我知道，你的英语是最优异的；我知道，你最喜欢的老师是历史老师；我还知道，你最喜欢的科目是政治……

渐渐地，我习惯了你不在我身边的日子，我们的目标，也终于和其他同学一样统一起来：高考。是的，我们已经用了一个学期的时间来恋爱，剩下的一个学期，就像班主任所说的，真正做一个补习班的学生，好么？

基础并不算差的我们，成绩逐渐追到了上游。你的成绩本来就比我的优异，基本每次考试，你都在我前面几名。然而，三次模拟考，你一次比一次考得好，我却一次考得比一次差。每次考砸的时候，你都发短信来鼓励我，我也会很有礼貌地感谢你，然后，便如蜻蜓点水，点到为止。

是的，我们都知道，互相在对方心里，就够了。

那天夏天，六月为时两天的高考，终于来临。

是的，终于来了。

已经经历过一次高考的我们，显得比应届生更平淡和从容。淡淡的两天，转眼即逝。

在高考结束后的班级聚会上，我们原本可以正大光明地在一起，恢复我们的关系。而事实上，我们却因为作为聚会的组织者，一人坐在一桌，分了开来。其实，之所以分开，并不是因为这所谓的客观原因，而是，我们心里，和当初的心境早已不同了吧？

成绩出来后，我们都双双上了重点线。在半年以前，我们都数次有过要和对方上同一所大学的想法，而现在到了填志愿的时候，你我却各填各的，没有任何交流和沟通。

后来，你去了武汉，而我来了杭州。我们仍然联系着，时不时发几条短信，打几个电话，甚至还问对方怎么不在大学找个对象的事情来开玩笑。

时隔半年，心境已变。

我知道，我还在你心里，我能感觉得出。而你，也仍然在我心里。

只是，我心中的你，已经不是你，我想，更多的，是过去的你以及我们恋情的回忆吧？

而你心中的我，也是如此吧？

是的，我仍爱你，但爱的，不是你。我爱你，但是，对不起，再见。

作者简介
FEIYANG

刘创，1991 年 3 月出生，现于杭州求学。驴友。（获第十三届新概念作文大赛一等奖）

杂碎点点  ◎文/宋南楠

一

我们的认识是一场不再是孩子的过家家游戏。

在中国大陆最南部，东经113°17'，北纬23°8'的地方与你相遇，你知道的，我是个无论怎么学也抓不好地理这科重点的人，为了确定与纪念你我相遇的地点我还特地去查了一下中国地图，还记得认识你的那天温度只有12℃，你不但没有打喷嚏，还哼着那首熟悉的流行曲子，转个弯，我就遇不见你了。

幸好，感冒的我还是选择了那条阳光大道，从而遇见了哼歌的你，还厚着脸皮跑过去认识你，你曾经问过我主动认识你的原因是什么？至今我仍未回答你，认识你的原因根本不费唇舌，若我说我俩会成为好朋友是因为一根羁绊着我们的红线把我们拉在一起，你会不会觉得太抽象？

二

在你面前，无论过了几万年，我还是个脆弱的人。

在我记忆中你不常哭，除了被老师责怪和被同学破坏你的好心情那两次。在我的记忆中我是个常哭的人，

不知道什么时候就有了个狗胆，每次哭都倚在你的肩膀。扑到你肩膀哭的时候，见到你脸上有点难色，很可爱的难色，似乎告诉我你有几丝尴尬。

可是你悲伤时，却不让我靠近。我感觉到自己的逡巡，徜徉在你的周围我无法走进你身边安慰你，我很喜欢安慰人，却无法安慰那时的你。

三

帮你，帮我。这是我们之间最充实的事情了。

人竟然比感情荒谬，我们树大招风得不像话，许多人都见咱们在班上横行霸道而心生怒气，感觉想要把我俩歼灭似的，我才发觉一个人的稀薄，两个人的强大。口沫之战经常出现在我们身旁，凡迎站我们两个人的人都会退败。我们仰头大笑的时候忘记了到底是谁惹的祸和谁帮的谁。

我只知道不是谁都懂谁谁谁都能被人懂，可是我们例外。

四

我常以为我是个无比幽默的人，每天制造无数自认为极好笑的言语来逗你。现在才知道我原来一直都是你身边的傻瓜机，还是不需投币自动工作的，可我不认为我这是丑，是丢人，因为逗你笑，很好。即使，你并没有笑得那么开心。

你为什么笑得不开心呢？是你笑点太高还是我的笑话太冷，还是你本身是个比较内向的孩子呢？我想，都有吧。希望有一天，我能真让你狂欢，你就别为我的冷笑话感到郁闷了，我是真的很想你笑。

五

　　蓝楼,是一个装潢为蓝色的房子,顾名思义。没有人比我更熟悉了,因为那里是我们的永恒国度,来渲染我们情感的小天地。

　　后来我觉得幸好我们还有蓝楼,我们的梦。你的无意或是有心创造了它给我的第一印象。我很爱很爱蓝楼,就像我很爱很爱你一般。你曾经问我是否真的有蓝楼,我很肯定地回答你,想听现实还是梦幻。你的回答是现实。我告诉你,在这个世界上肯定有那么一个地方,只是可能我们用一辈子都难以到达,可是我也告诉你,无论多难多难,我是不会放弃我们的小地方,对我来说这不是一栋房子。

　　你的眼眸失去了焦距像是没完全相信我的话,我告诉你,即使真的寻觅不到它,我也会亲手建一栋这样的房子,在房子周围亲手建农场、耕地,还有物质的街市。后来想想原来我是显得幼稚了,以为自己是"王"吗? 其实我不介意的,我就是这么个自大的人,对于实现我的梦方面。

六

　　跟你一起做的第一件有意义的小事是开始我们的蓝楼之旅——《蓝楼梦》。为了我们的故事,我们上课走神下课更是灵魂出窍,仅为了一个人物的名字罢了。即使到了现在我仍旧记得,那些女孩,那些男孩。

　　你是苏小酥,我是郦戾天。故事慢慢地操控了我整个人的情感,写着或者看着你写的文字,我都会有种莫名其妙的心痛,不知道以后见了蓝楼的读者会不会有那种抑郁的心痛。我承认我只在说一个故事,在说一段苒茜的时间。没有事先告诉你,我让蓝楼首先给一位大学的姐姐看了,她与我同感。

　　你那悱恻的文字令我无比惆怅,我记得那个姐姐曾经说过:才这么小的孩子,为什么会这么悲伤? 我没有问过你这个问题,因为我知道你不会给我答案,不是吗? 苏小酥,我只想对你说一句歌词:

你心里有多少忐忑

交给我去用力抱着

双手还有热

或许能唤起你的不舍

有一天我们伤的心会愈合

心里的忐忑

抱着慢慢就会好的

七

那天晚上正是考试前夕，我还记得自己兴奋地给你打电话。

闲聊了两句关于试题的猜测后，我跟你谈起我们两人合作的笔名该叫什么，我本想用真实姓名可是我知道你比较喜欢特别的笔名。在文字方面我永远有那么一点玩世不恭，经常跟你戏谑，你却不知道。可是那晚我却认真起来了，因为我的性格在你面前输了，就像我在认识你之后傲气突然蒸发了一般，最后，我提议，我们叫"物理磁学二人组"，笔名为"Nas"，意思是 N and S，我的名字有 N 而你的名字有 S。刚好磁极两端也是"N"、"S"，我们还曾经自大地戏谑："我们的粉丝可真不少呀，连物理考试也记着我们俩。"那时候是上着物理课，我们在桌面上设计我们的签名，被老师瞪了一节课。

难道，我们是互斥的两端？可是别忘记了，我名字里也有 S，两个 S 是可以相排斥的。

八

曾经为了考试制度和成绩对比吵过架。

曾经为了流言蜚语和互相欺骗闹矛盾。

我曾经说过爱是没有概念的，而我想对你说友情也是没有概念的，盲目的人总是能拥有比较久，而我们都是精明而理智的人，没有做到互相的不计较，没有天长地久的吧？可是，我告诉过你我总是懦弱的。

　　失去你，就算在多幸福的环境下，我也不幸福。所以，我还是去跟你说话，有讨好的意味，吵架的时候无论上课还是下课还是放学还是运动，我都偷偷用眼角瞥你，偷偷注意你，我希望你也能有像我一样的小动作和感觉。

　　也许是我太荒谬，也许我太幼稚了，对不对？

九

　　分班了，一个小离别。

　　退却一直是我慌张时的作风。在你的身边，我有许多不知所措，我不知道哭时要不要抱着你痛哭。我记得很多个月前我仍这么做，可是现实却扦插进来。离你一个班的距离那么远，我无法将我的悲伤立即告知你，感受到无限的孤独蔓延，我想我是很想抱着你的，因为我很无助。你到底懂不懂？

　　我无法小憩。我不喜欢雨天或是晴天，看着你跟其他人亲密地走在我前面的时候，我是很想走过去牵着你，把我们羁绊的线加粗巩固。可是你编织给我现实的梦境，让我迷茫。我不知道你在想什么，你是真的了解我吗？就算不同地方了，就算多少年了，我仍不会放弃，认识你。

　　本想着我们坚固的感情是能承受风雨击打直到沧海桑田海枯石烂的。想不到，小小的分班，就能剪断我们那条线。

十

　　人生若只如初见。

你不知道你说"前方的我们一无所有"的时候我在电脑的另一旁沉默了，几乎连呼吸声也戛然而止。不真切记得我到底有没有哭，发觉自己连跟你说一句挽留的话的勇气也没有了，仅此而已。至少现在的我连那份应有的执着也失去了，似空体的人即使舒心地与天空、与枝头新芽、与骄阳对视，可我发觉这减少不了我心中的忧愁。

人一说起过去的事情时总是滔滔不绝的，可是他们不知道在那滔滔不绝时也渗入了新的"滔滔不绝"才对，可是没有，因为经历都用在第一个滔滔不绝上了。

是我突然在发神经，是我突然莫名其妙地悲伤。每到深夜每次我沉浸在自己的文字中时，我总是忆起我们彩色的过往，那些照片、文字、声音简直是你施撒的毒药，令我迷醉在自己的莫名其妙里。

瞬间我觉得自己是一个大骗子。失去了往日的笑颜，我想成功的人面上一定会有笑靥的，可是你我都没有，我们有太少的回忆，有太多的多愁善感，缠绕的过去折磨了我很久。终究，我想有一天我必定会变成犰狳，在世人面前胆怯向前。

时光荏苒没有等我，为什么你也放弃了我？我本来以为我们的过去会变成琥珀，就算没了现在、没了未来还是会有一个被烙印无法擦去的以前。可，你的悲伤却告诉我，你的过去和回忆像胶卷，很脆弱，见不得阳光。我抚摸手上仍未痊愈的血痂，我曾用口沫濡湿它使它别撕心裂肺地折磨我。我怕我俩的镜头受不住我的控制，越拉越远，我怕，可每当面对你，又嗫嚅了。

十一

这个冬天不会像我一样莫名其妙地寒冷，外面的草地土地没有结冰的迹象，庄稼泥田也没有霜冻的现象，沸腾的水被我舀起缓缓地倾倒落地，冒起的阵阵白雾缭乱了我的眼睛，湿了我的眼球，令我想起那个倔强的你，怕冷的你经常待在课室独自一人坐在门口晒太阳，令我想起那个与我谈"远方"的你，是那么一丝不苟地教训我，不给我呼吸的空间，还想起那个在电脑的另一头说我们已经越走越远，没有尽头唯有离别……

S，你知道吗？爱是有矛盾存在的，没有矛盾的爱是梦境，可否乃年最初，可否给予我一点勇气让我与你相别，虽然我们的学校不一，虽然我们之间总存在许多物是人非，可是这都意味着我们的成长，你难道忘记了你喜欢的那句话：成长是苦涩的。

S，你知道吗？请陪我感伤一回吧。只有在无比的感伤里，我们才毫不犹豫把我们的爱说出，让周围氤氲苦涩的空气忽然停止流动，让跳动的音符失去声色，在那个世界里没有前进与退后，有的只是我们站立的原地。

S，为什么你能如此狠心？

十二

太久了，是的，那已经离我们能回忆的太久了。

你说，看着我在别人怀里幸福，却不忍心去打扰。

你说，你知道我们之间的缝隙，不可以再去修补。

你说，我们的遇见，是上帝的阴谋。我们的悲伤，是上帝想要的结果。

为什么你要说无力再牵我的手？是你说要永远陪我走下去了，傻瓜。

为什么你要把我补上缝隙的白胶狠狠刮去？是真的重视你才那么做的，傻瓜。

我的生命中也有照亮不了的夜幕的黢黑，你为什么看不到我对你的心痛？错过你，我会有过多的遗憾，所以每次当我盲目地追上你，你总是让我狼狈转身。上帝没有要要阴谋的想法，只要你相信我，相信我们能永远，人总是会改变得，就像你所说的过去种种也已变迁，友情之所以为友情，是因为朋友之间有一种深切而不可破坏的感情，若你无力了，我相信我仍会主动牵着你。

你问我小王子的玫瑰最后怎么样了？我告诉你我不知道，你说玫瑰也许孤单地回忆小王子、也许还好好地活着，原来一直都只有小王子在关心玫瑰花而已，玫瑰花自己一个人其实也可以好好的，只不过少了个可以使唤的人罢了。亲爱的，你说的小王子和玫瑰是指我和你吗？

十三

新概念是你给我报名的。

去上海是你的渴望，我知道你没有如愿以偿。

你说你不在乎，可是我知道你是满满的很在意没有入围的事情，你认为你这个乐观的孩子这次是输得那么彻底，你的一句话仍让我记忆深刻：说着笑着的午后，连寂寞都笑我太堕落。

我恨我自己没有那个资格安慰你，也不知道这次该怎么去安慰你，难道我要对你说几句对你来说无济于事的话吗？只是另一种伤害罢了，安慰只是让悲伤的人哭得更放肆而不是止哭的良药，一个人冷静才是。

上海很萧条，与你十分相称，可是我却不是很想你到上海。因为那个地方能让你更感伤，悲伤的孩子，请相信：You are good！当然，贪心的我也想你相信，郦戾天永远都不会怪苏小酥的，他们永远都有羁绊。

作者简介
FEIYANG

宋南楠，广州人。出生于1993年。天蝎座。双重人格的小狐狸，最爱的人是爷爷（木木）。狐狸爱写作，狐狸也爱观鸟、爱画，在悠长悠长的人生里狐狸不会寂寞，只会每天幽默。（获第十一届新概念作文大赛二等奖，第十三届新概念作文大赛二等奖）

我走后的日子 ◎文/丁威

　　给你写这封信是在晚上的时候，郑州的天一直阴沉沉的，雨也一直不停，风吹起来的时候，格外地冷。这天竟然像成都的天，灰扑扑的不见阳光。我坐了很久的车，离开你们，走时心里也是像成都的天，亮不起来。

　　那天，有小雨在落，你告诉我，我转身的那一刻，你要哭了，我说再也不会遇见像你这么好的人了，在我生命里，像一道光，单纯、澄澈，像世界全部的美好与善良加在一起。

　　好久没有坐下来用笔去写一封信，看着字一点一点地铺满整张纸，你去看，说实话，我都要嘲笑我的字了，歪歪扭扭，笔迹生涩得像一块粗砺的石头。好在笔尖流出来的是一场遥远的想念，而信就是一次浪漫的漂泊之旅了。

　　夜已经走到它自己的深处，外面有风，还能感觉到凉凉的雨意从外面漫进来，路灯也在亮，偶尔跑过去一辆车，声音沉闷，然后整个世界又针落地有声音般静下来。寝室没有一个人，整栋楼都在打着绵长的呼噜。夜从我指尖漫过去，我整夜整夜地睡不着，许多年来的失眠像是影子一样跟着我，我想你此刻是在安睡还是在说话，有着怎么的样子，我感谢遇见你，我在那本书上写下：遇见你是此生别样的旅程。就像生命给了我一个最珍贵的礼物，就像你跟我说跟我们在一起才觉得自己是活的，那么，就让我们永远都不会死去。

日子总是过得很慢，《追随她的旅程》的封面上写：什么样的痛苦可以让时间停止，又是什么样的快乐可以让我们朝生暮死。我又回归到了以前的日子，一个人晚上跑很远的路吃饭，路上看着熙熙攘攘的人从身边水流一样地滑过去，我觉得自己像是突然被抛弃了，没有人在身边，生活也就是从此处到彼处，从陌生到陌生。这样的时候我就想起你们，我一个人走在路上，去吃饭、去书店，有时候阳光会很好，我被照得很暖，有时候风会很大，把每棵瘦弱的树都吹得东倒西歪，等待我的是一顿不可口的饭或者一本没钱买的书。那时候，我就想起你，想说，我在这里。

此刻你看不到也听不到，我要说给你听。外面很静了，不会像家里一样在夜晚池塘里升起蛙鸣，这儿只有偶尔空落落的车轮声，而夜就像一面被重物压着的鼓，寂静的呼吸声都没有，夜都睡着了，而我在想你，给你写信。明天不知道会不会是晴天，如果是晴天，我要顶着在成都很稀罕的阳光去找房子了，如果是雨天，我就去买一把伞，雨会在头顶扣出一片安心的喧嚣。

今天又是走了很远的路去吃一顿不可口的饭，高兴的是买到了几本很便宜也很好的书，甚至其中有一本让我觉得要为买到它而睡不着。当周围又静下来的时候，我又坐下来，给你写信，外面在淅淅沥沥地下着小雨，隔着窗往外看，路灯发出朦胧的光，我想起王小波的《绿毛水怪》里那个夜晚，他写：大团的蒲公英浮在街道的河流上，吞吐着柔软的针一样的光，我们好像在池塘的水底，从一个月亮走向另一个月亮。顶上的灯管白惨惨地亮，像整个世界再也不会熄灭的样子。

这是我第一次在白天给你写信，我搬来这个地方了，沉重的行李因为她在那里就变得似乎轻了。这个房子的光线不是很好，明晃晃的白天看起来像是黄昏，但因为是新房子，很整洁，只是一个人寂静地待着就显得很空，下午的时候只带了几本书来，却没有看的心思，很多杂乱的东西在脑袋里一阵一阵地飘，就关上门，背着那个硕大的书包出去了。

这是回来郑州后很少有的晴天，阳光暖得像是铁匠铺，我像个傻瓜一样穿着毛衣，浑身就热腾腾得像出笼的包子。回学校把剩余的书背到了住处，硕大的包在肩头把沉重一点一点地往下坠，到了住处，肩膀麻木得像是从别处嫁接而来。然后就开始给你写信，说些琐碎的日子给你听，想你是愿意听的，我就把字满满地铺了整张纸。

学校总是没有家里安静，一个又一个的声音在周围叫个不停。只是，每晚也听不到一直不息的蛙鸣，其实一说到这些蛙鸣、蟋蟀的叫嚷，我就会想到我的童年，那些我最孤独的日子，有时候我觉得童年离我好远，我的嘴边也生出了一片青色，而有时候我又觉得童年离我好近，那些因为一颗糖果而哭泣的声音还近近地响在耳边，那些被欺负的日子还生生地疼在身上，后来我离开了家，再后来我长大了，很久不再见到家人，再后来的后来，我遇见了你们，再后来以及所有的后来，我们都会老，不成样子，苍白如一枚干燥的鹅卵石。

因为一些事情，我开始想家，我想我该回家了。

在家里的这段日子是很闲适的，像是把茶叶泡在水里，泡得很久，松散到慵懒，可是，这样的日子是我喜欢的，因为一直失眠，所以日子对我来说，就相对延长了，每天我只是躲在自己的房间里，就随意地翻书，好像这些日子我从来没有完整地看完一本书，但是每天书都在手里，有时候想想，我这么拿了一天的书，我究竟干了什么。

晚上的时候就拿着手机躺在床上跟你们扯，每晚耗尽两块电池，扯理想、小说、爱情等等，每晚都饱满得像是盛夏的阳光，手指按在键盘上，啪啪的声音就响在凌晨自己不困的倦意里。

偶尔在黄昏的时候，戴上那个破旧的 MP3，在家附近的路上一遍又一遍来回地走，耳朵里的歌更多的时候是那首陈奕迅的《好久不见》的单曲循环，不知道从哪天开始，习惯了听这首歌，而它带给我的也只能是叹息和伤感。家附近的那个破公园——如果能称之为公园的话——很多人在那边锻炼身体，我就绕着那个湖一圈一圈地走，直到我妈打电话来，我知道饭已经做好，而那时，我也饿了。

很多时候，我都是在唱歌，像我童年的那些日子一样，那时候，我们家门前有一大块稻场，稻场前是一个池塘。每天晚上晚饭后，我都会搬个凳子，坐在池塘边，一首接一首地唱歌，像是一场个人演唱会似的唱满将近两个小时，呵呵，所以我跟你说我觉得在KTV里我吼上一夜都不会觉得疲惫。

我总是喜欢跟你们聊文学、小说，我还矫情地说这些是我一生都不会丢掉的东西，如果有一天，因为成熟、世故或者什么原因我们彼此遗忘，那还是把死亡给我，而我们只能相伴着走下去，当我们想起彼此，就只能在那里，在伸手就能牵到的地方。

写信的时候总是这么琐碎地絮叨，把不跟你在一起的日子一点一点地说给你听，因为知道你懂得也在意，这些文字就不会孤独地在那里。入夜的时候，春天的气息就很饱满，这边不会像成都那样整天阴沉沉的，一直不见阳光，走在路上，会不知道清晨或者傍晚，我想起你说话的样子，很可爱，我喜欢这样的你，单纯得像入冬的第一场雪。

快到夏天了，这个季节我几乎是整天光着膀子的，只穿一个大裤衩在灼热的阳光下晃来荡去，一个夏天过去后，整个脊背就泛着一层黑光，而现在，就在我写这个的时候，我还回头看了下腰上的纹身，这对之前的我来说是不可思议的，现在，它在这里，叫我想起你。

这样的时候，我就会想起黄昏，不知道为什么，我是如此迷恋黄昏，小时候的周末，我就一个人沿着黄昏的路走三个小时回家，那时候从黄昏走到黑夜，双脚就成了习惯，我想起《活着》的结尾：土地召唤着黑夜来临。后来，一切都变得不是原来的样子了。

今天好大的风，这样的时候，在往年，都是入夏的时节了，而现在我还要穿上外套，裹紧衣衫。搬到别的寝室后，就变得好起来了，不用跑这么远去吃一顿难以下咽的饭，又像往常一样吃饭的间隙跟他们扯淡，也还是会想起跟你们在一起扯淡的时候，而现在我所等待的就是你的到来，和你们的到来。

这样的闲散信笺，愿它遥远的漂泊之旅能够美妙，愿它叫你想起我，以及这许许多多的日子。

作者简介 FEIYANG

丁威，生于80末、90初之交，喜欢安静看书晒太阳的日子。志向颇高，天分不足。矛盾、敏感、脆弱、失眠、瞎琢磨构成生活的全部。（获第十二届新概念作文大赛一等奖，第十三届新概念作文大赛一等奖）

醉红色  ◎文/张烜怡

我开始疯狂地喜欢醉红色。

一个小时前提笔，目光却始终游离在凌乱的桌面，内心被晦暗的光线映射成莫名的荒芜，就像手指之下的稿纸，依旧一片空白。一个小时之后断续写下了这十一个简单的随时都可以被删除被替换的文字，再怎样重新排列重新组合也只剩下孤单的主干：我喜欢醉红色。

我喜欢醉红色，真的。

我在夏天来临之前才收起了醉红色的雪地靴，找出了醉红色的帆布鞋，我在衣柜的最底层翻出了醉红色的格子衬衣，撑开后却发现它缩水了，于是脱下醉红色的毛衫认真整齐地叠好，告诉自己说怕它缩水就不要洗了。

然后我就想起你了，在一个阴霾蔽空的下午，戴着鲜红鲜红的围巾找到我，于是我踩着就快要融化的雪花不断颤抖，寒风夹着软绵绵的冰针透过单薄的校服扎进我的血肉，我的血液就要冻结了。我一路奔跑吸收掉了很多冰冷的空气，穿过了冗长的小道，气喘吁吁地来到你面前，因为你在找我，所以我要站在雪地里听你讲话。

听你讲话，可是北风在我们之间吹啊吹，吹了那么久你也没说出口，我在我们的沉默和北风的呼啸之下冻得手脚发麻。那天的光线是那么的不明亮，我抬头看了看天说你快走吧，要下雪了。

写着写着就写到了你，写到了你就变了味道。其实我想说的是我喜欢醉红色，仅此而已。

我的梦境里的尽是虚芜，还有夜空中无数繁星的突然陨落，毫无征兆。我听不到它们落地的声响，抓不住可以在指间停留的意象。我害怕那些摆脱不了的寒冷，以及漫如千年的孤寂和落漠。

鲜红如簇，像旺盛燃烧的篝火，一步一步踏着缓慢的拍子跳跃，忽闪忽闪，却再也照不出旧人影，满眼陌生。

在教室里汗流浃背做着理综题的时候我一直在想为什么冬天和夏天不能相互中和。

耳机里不断重复着一首深情的演唱，男歌手在 MP3 里面挣扎着唱啊唱唱光了他所有的情感，他唱"痛苦的相思忘不了，为何你还来，拨动我心跳"。我就躲在桌子下面偷偷地学啊学。

突然发现原来我还有那么多该做的事情没有做。

我开始喜欢醉红色。

理发师剪掉了我微卷的头发，我看着它们一缕一缕残落了一地，就像花朵凋零成满地的哀伤。我看着镜子中那个顶着一头短短的直碎发的陌生的自己就想到了你，不知道如果你看到我顶着这么衰的发型走在大街上时会不会低头偷笑。我决定再也不将直发烫弯了，可是一个人漫无目的地走在空旷的操场上拣到理发店的代金券之后还是毫不犹豫地折了回去，指着那个和你很像的理发师说我要皮卡露，微卷。

写作是一场漫无天日的自杀。杜拉斯说。

所以你看我每天都在自杀。我在自杀之前自杀之时自杀之后都会想起你的样子，熟悉又陌生。好像你我只于茫茫人海中匆匆瞥见了对方就转身离开，不存在所谓的相遇与相识。我对你念念不忘，我于你是不是就无关痛痒？我在纸上写下全部关于你的幻想，编纂了一个又一个美丽的故事，全然不顾很久之前就开始落下的功课。

我还记得曾经因为你而被罚，原本迟到只需跑三圈的，可是你一直胡搅一直蛮缠，于是被罚的圈数就像打麻将赢钱或输钱一样一下子就翻番了。时间再往后推一点我又因为你逃课了。我穿着很薄的毛衣很薄的校服旷了一节据说很重要的数学，我边跺脚边听你讲话，我一直在猜你欲说还休的表情到底暗示了什么，我以为答案就要揭晓了你却什么也没说。

我就快高三了，有那么多的事情等着我去做呢。

我站在屋顶，黄昏的光影。

黄昏不会是醉红色。

其实很久之前我就将你从好友列表里删除了，因为你的头像无论是灰色的还是闪亮的都那么扎眼，扎得我精神恍惚，惶惶终日。你来过之后我一遍遍地听着那些类似爱情的东西厚着脸皮把你加了回来，你消失之后我又一遍遍唱着这些只是类似爱情的东西把你拉黑，再后来我退出了一切有你的群，最后干脆封号不上了。

其实我很喜欢你的，很久很久了。

我躲在站台的角落，眼睛像引擎一样在人群中搜索你的影子，终于搜到你穿着雪白的 T 恤在阳光下与你的朋友交谈，阳光打在你身上的光线反射回来就刺痛了我的眼，我只好扭头不看。

我忽然记起你曾经最喜欢穿白色的 T 恤，在篮球场上奔跑，背后经常印着几个黑色的大手印，像是张无忌中的玄冥神掌。

我忽然发现你转学之后我就再也没去篮球场了，所有蓝色的黄色的绿色的背景都理所当然地转变成为醉红色。

我喜欢的醉红色。

我天真地以为你在这个寒冷的冬天找到我是为了对我告白，我以为你眼神里蕴藏的和流露的都是相同的喜欢和想念，我看到你鲜红的围巾便决定要做醉红色，因为在你面前我不能比你鲜艳。可是稍稍的沉默，情节就陷入了僵局。

我暗自揣摩却终究揣测不出潜藏在表面之下最原始的心情。故事就这样中断了，就好像我思绪随时都会随着油墨的耗干而中断，我站在停滞的笔尖从一个风口向下望去，用尽了全身的力气也写不出个结局。

陷入爱里面的人是可以像我这样天真可笑的，但我确定每个人的独一无二，所以没有人像我一样地悲伤。

我对着星空说我喜欢醉红色。

所以我穿着醉红色的帆布鞋在闷热的夏天啃着面包写文章，我想我就像低沉的醉红色一样，即使燃烧也不那么耀眼，因为我在你面前是那么渺小。

于是我将手机设了来电转移，转移到我很久以前就扔掉不用已经停机的电话卡上，我怕一不小心接到聚会邀请的电话忍不住去了，来到嘈杂的 KTV 又忍不住唱了一些类似爱情的东西，包括那句说一声爱你，我很想听。

于是我将 MP3 里所有的情歌都删除了，包括那首听了半年的《听说爱情回来过》。

因为最后有一种东西必须远走，带着感动和曾经，带着天真与回忆，与青春划上抹不掉的界限，模糊了一切悲喜。

作者简介
FEIYANG

张炬怡，1993 年生，河北省承德市第二中学学生。典型双鱼座幻想主义癫狂者，极端而反复无常，多重性格不确定是不是精神分裂，崇尚黑暗和孤单，偏执认为那就是真实和自由。（获第十三届新概念作文大赛二等奖）

当时光转身 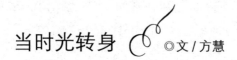 ◎文/方慧

一

总是害怕从车窗的玻璃上看到自己的眼睛，落寞而孤单。

总是害怕独自穿过浓浓夜色里无边的凛冽，恐慌而寒凉。

很多很多个灵魂在你身体里穿梭不止，彼此间推推搡搡撕扯不止。喧嚣的、静默的，欢愉的、沉抑的，澄澈的、混溷的。你是很多个人，他们让你没有片刻安宁。除了此刻，当你默默拾起你温暖的笔，当你习惯性地用"你"的称呼写你自己……

看到过一个句子：一个人不孤单，思念一个人才孤单。你还没有思念的人，但你的心里总是会涌起不间断的孤寂。在你垂下头斜靠车窗的时候，在你一步一步踩在坏了路灯的楼梯上发出"咚咚咚"的回音的时候，在你面无表情地背对拥挤人群默默逃离喧嚣的时候，在你深夜里失眠，起身拉开落地窗的帘子，趴在阳台上把脸对着深褐色空旷夜空的时候……

你的世界，只剩下你不愿承认的孤寂。

这些年独自乘长途汽车在上海与安徽的小村落之间

往返，来来回回十几次，从小孩子到少年再到成年。你总是这样不安定，你总是想，有一天离开了，就再也不轻易回来。你要去很多的地方，很远的地方，而不单单是重复同样的旅程，往返于同样两个地方，带着同样的目的，去见父母。

你和车上所有的人都不同，车上没有人像你一样晕车这样厉害，没有人像你一样内心感到不可抑制的孤独。

就在一个月前，从上海回来，这一次是爸爸陪你一起回来的。你知道爸爸是个不会表达他的关怀的人，不像妈妈，看见你晕车晕得痛苦她会比你先哭，看见你快乐她也会开心得像个孩子。你先是靠在爸爸肩膀上，不发一言，然后见靠窗的座位空出来了，你便起身坐到窗边，背对爸爸，把你苍白的脸转向窗外。你无意中瞥见玻璃上面反射的你的影子，你不忍直视她眼中的痛苦和孤独。你把目光移到远处，大片大片的荒地，让你想起了很多的事情。

你想起在你很小很小的时候，舅母握起你的手贴到她温暖的脸上，心疼地说："我们小慧慧的手长年都是冰凉的，人家讲手凉的孩子没人疼。"至今想来仍要落泪，温暖与寒凉夹杂的泪。

你想起你在《弟弟的姐姐》里难过地描述过你自己："也许，你就是这样的人吧，别人都对你不好，你感到心寒，一旦有谁真正对你好了，你又不知好歹，不懂得珍惜，等失去了又独自落泪难过……"

你想起大年三十和父母公司的人一起吃完年夜饭，那时爸爸在和同事喝酒妈妈还没下班，你无聊地穿梭在上海最繁华喧嚣的街口，人一点一点少了，有一丝清冷，你用双手环住自己的双肩给自己温暖。你看见身旁一个男孩背着他可爱的女朋友从你身边跑过去，跑到马路对面放下来，他们一起笑了，你也笑了。你独自站在十字路口看人影络绎，在心里对自己说："浪漫和热闹都是他们的，我什么都没有。"你想，我要赶快回家看联欢晚会，我要快点快点再快点……

你想起那一个伤心的下午，你要拿回你的数学试卷，但是你挤不进人群，办公室里没有人注意到你。你听见他们在说："我 130 分，你呢？"

"才 120……"

你知道那都是你难以企及的分数，你知道你的试卷上一定是最狼狈的腥红一片，你默默地转身离开了。你垂着头盯着自己的脚尖，一步一步往前走，告诉自己：方慧，你必须，不能比他们任何人过得差！三年后，五年后，或者十年后。你必须！

你想起你第一次发表作品，是一首小诗《这年，我们十三岁》刊登在《中学生学习报》上：

这个年龄像清水
纯得让人神往心醉
没有丝毫的虚伪
开始懂得青春的可贵

这个年龄的我们
从来不懂什么叫心碎
面对困难和挫折
也决不愿后退

这个年龄的我们
心儿就像花蕾
那种蓬勃的香味
永远不会失褪

据说有个叫作成长烦恼的东西
我们都无法抗违
哼我们才不会害怕
因为我们一直相信自己大无畏

噢

这年，我们十三岁

　　你清晰地记得你手握报纸推着自行车故作镇静地往宿舍走的场景，你碰到同学，多想告诉他们你发表东西了，可是你窃笑着沉默着。到宿舍门口放车时，你才发觉右腿的腿肚子上鲜血淋漓，是被自行车上掉了皮的脚踏尖端戳破的，你竟毫无察觉！

　　你想起小学一位年轻女老师很宠你，常带饼干给你吃，她对别的老师说你很特别，很早熟。同学都说她快成你干妈了。一日要交作业，但那一本作业老师之前并没有说要交，所以全班人都没写。早上很多人早早赶到学校，抄一个同学向别校借来的答案。唯独你不抄，因为你觉得没意思，还因为你想偷懒。结果全班就你没交，她很生气也很失望，但没骂你，只深深地看了你一眼，从此再也没带过饼干给你吃。其他小孩都在笑你："噢噢噢！干妈不要你啦！没饼干吃啦！方慧好可怜！"你定定地坐在座位上，隐忍地不发一言，在心里感到委屈和凄凉。你一直没有向老师解释，现在已不知她身在何处，或许一辈子也没有机会了。你至今一想起她给过你的那些五角星形状的小饼干，还有她看到你的作业是一片空白时的眼神，深深看着你的眼神，你的眼睛总会忍不住发酸。你在那年体味到瞬间失宠的感觉，体味到生命最初的失落和凄冷。

　　你想起那一段破碎的友情。你曾经相信男孩女孩间会有真的友情，你曾经以为你和那男孩真的能永远相知。可是突然有一天他跟你说他爱你，他说他爱了你很多年。你手足无措，你想，"方慧，这是此生第一个对你说'爱'字的人，他用了'爱'字而不是'喜欢'，不要伤害他太狠。"你百般暗示，你此时不愿涉足爱情，你想和他永远做好朋友、知己。你告诉他你不爱他，你只爱你父母。然后你亲睹你如此珍惜的友情被错爱碾碎，那男孩跟你说："我恨你！"你想起年少时他曾在你书上写过一段话，你一直不能释怀，到现在还清楚地记得每一个字，他写："小慧，你是那种就算身处最热闹的人群也会感到孤独的人。你的心是漂泊的，你只属于远方。"

你想到很多往事，泪水一次次涌出来，你学着一部俗滥电视剧里的男孩，仰起头把眼泪逼回去不让它滴落下来。你仰起头，看见车窗外的天空是大团大团纠结不清的黯涩，和无边无际的抑郁。你拿起一颗很酸的话梅含在嘴里，捂住胃部，闭上眼睛，告诉自己：我不晕车我不晕车我不晕车……

你抬起手，把泪痕擦得干干净净。

二

你常想，初中的语文老师是最了解你的人，可细细寻去，竟愈加发觉，或许他也是最不了解你的人。他在你周记上写下评语："你是个很特别的女孩，是老师见过的最坚强的女孩。望你在今后的道路上，创造一个又一个辉煌！"你于是一直相信你是个坚强的女孩，一直。

直到时光的倒影一点一点从人群拥挤的旧路显现，一点一点从斑剥旧景中露出真实的脸面，你才恍悟，你的昨日，满目疮痍。

那小孩一直静默无言，垂首低眉。坚强是个遥远的字眼。

你幼时受女老师宠爱，就是那个带五角星形饼干给你的女老师。因了这一点，你成为班里几个女同学妒忌的人，她们恨你。她们当中有一个最大的女孩是"老大"，她让你听她的话。有一天她的手不小心被小刀割破了，她把手指伸到你面前命令你："来，小慧，用我的血当指甲油涂！"你转身离去，她身旁的女孩子纷纷围上来拦住你："涂不涂？！"

"你们涂去呀！我不涂！"你看着她们，声音发抖。

"好，你们先涂！"老大把手指伸向那些孩子，你见她们一个个迟疑了几秒后乖乖地伸出了双手，让那个大女孩把血滴到她们指甲上。你见那些雪白的指甲盖上腥红一片，你终是逃开了，那时你还不知道骂"变态"这个词。

隔天全班就再也没有人理你了，除了那个"妖精"，隔着人群一眼一眼地看着你。你成了班上第二个被孤立的人。"妖精"也是班里一个女孩，她因为发育得早，全身显露出被其他人称作"妖气"的身段，加上那女孩爱打扮，常偷她妈妈的口红在双眉间点一滴红。她成了班上常年受孤立的"隐形人"，没有朋友，没有说话的人，谁要和她说话就会被人称作"妖精第二"。你被孤立后也没敢和她说话，只远远和她对望几眼。

那眼神叫人心寒。

几天后你把女老师给你的饼干全给了老大，然后她们和你和好了。你终究不是个有个性的独立女孩。

被人孤立的滋味你怕是永远也忘不了了。是抓狂的孤独和绝望。那年你始见你性情的端倪，始见你的心中隐隐生恨。

你想起小时候常听外婆说一切有因有果，用不着和恶人斗。

她说她年幼老受人骗，村里一小孩一日让她张嘴，要为她"检查口腔"，外婆张了嘴，那小孩一口痰飞来，落入她嘴里。她没有生气，隔天照样和他玩，言者无意，听者心酸。你问后来，外婆说："后来那个老头子比我早死好多年，也是可怜人。"外婆又以此告诫我："不要做坏事，不能害人。被人伤害了你，也别烦恼，坏人早死，也是可怜人。"

初三时班里一男同学谢某，刻苦异常，你欲思齐，每晚与其一同在教室里熬夜坐冷板凳。班里另有一女同学爱编故事，见教室里一男一女两同学各自在看书，告诉别的同学你们俩在谈恋爱。于是几个一同前往来探虚实，故事女生问："小慧，你俩一起看书啊？"

"嗯。"

"这么好啊？"

"……"

"也一起回去吗？"

"……"

"睡同一间寝室吗？"

你见她不依不饶，问的问题又很可笑，就无比灿烂地对她们笑，嘿嘿嘿地笑，想说："你真会编故事。"终是没说。

男生倒是不耐烦了："我住男寝室你们住女寝室，这都忘了啦？同学一起看个书也喜欢说三道四啊？"

编故事的女生不理他，接着问你："是不是？是不是？"你当时觉得她特傻，就一言不发地看着她继续笑。

隔天你就听见整个校园谣言四起，说你与谢谈恋爱，晚上将他带入女寝室睡觉，还说别人质问你时你特幸福地微笑默认。

整个世界瞬间旋转，崩塌，你能听见远处的狗叫声鸡叫声，听不见旁边人的话语，脑中一片混浊。

你没有辩解，没有找故事女生，谣言不攻自破，没人真正相信一个编故事成瘾的人。

你却在那几日，体味到彻骨的寒心与疼痛。

三

你常常在想。

在想有没有人能拾起你的记忆，将它深藏心底？

有没有人默默地将你十八岁的足迹，刻进他的文字里？

有没有人，一页一页地重温你的昨日，终在某一斑驳之处落泪不止?

你知道你的世界没有这样的人,除了你自己。

所以,你的每一篇文章,都是写的你自己的信。你写,生活不是小说,但是你一定要活出不一样的精彩与斑斓;你写,方慧,不要感到分秒难耐,你要坚强;你写,永不忘今日,永不忘今日……

泪水簌簌而下,再也没有人是你信件合格的读者,这个世上,再也没有。

除了你自己!

当文字褪去了精致的修饰与雕琢,便只剩下干干净净的心声了。你喜欢你的文字的清清净净与轻轻静静。你伸出你的右手细细端详,你希望从今以后,你的指尖流淌出的都是这样纯净的文字。这样,你的今生便也无憾了。

你的世界,一无所有。除了文字。

就像,一个很久都没人理睬的小孩,恍然回到初入幼儿园的惊慌失措和孤独难耐。总是在文字里回首和前瞻,向回忆和幻觉乞讨一丝温暖。

你说,你是个一无所有的穷孩子。

你说,你要写下去,不管有没有读者。

你说,当整个世界都不再理睬你,至少还有你自己,在你的笔尖划出温暖的轮廓,和你对话,爱你,珍惜你。

这一条路,黯色寡淡,你已舔尝过这一路苍凉与旖旎,你已受过给你自己的伤害。你,要一个人默默走完剩下的旅程,一个人,面无表情,不发一言,换鞋,出发……

这个世界上,谁会为你落泪,为你的年轻鲜活,为你的沸腾人生,为你的孤寂抑郁,而落泪?

只有,你自己。

后记

总是责怪自己字字渗泪，责怪自己的太过忧伤太过矫情。然后撕稿，然后追悔。

而当我小心翼翼地伸出双手，一层一层剥开岁月尘封的气息，我看到那些被我和时光抛弃在记忆彼岸的青春碎事，一点一点恢复它们鲜活的面目。

我知道我已遗弃自己的灵魂，很久很久了。

今天把我的孤独和黯涩晾晒在这里，把我的灵魂晾晒在这里。向读到她的人索取一丝温存，从你的眼睛到我的文字再到我的心底，我，想跟你说，谢谢你。我，想跟自己说，我会爱你，珍惜你。

作者简介
FEIYANG

方慧，女，1990 年 5 月生，现居上海。10 岁即在杂志开设个人童话专栏，中学时期在《中学生学习报》等报刊杂志发表小说散文数十篇。长期在《中国校园文学》《意林》《中外文摘》《萌芽》、《文艺风象》等杂志发表文章。（获第十一届新概念作文大赛二等奖，第十三届新概念作文大赛二等奖）

勿忘心安 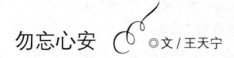 ◎文 / 王天宁

　　我在黄山看过雨后初晴的黄昏。

　　阵雨过后已是傍晚，原以为黑暗会接踵而来。我们攀爬的山路又潮湿又光滑，汗水溢出皮肤，在空气里汇成小溪，向下一路延伸。一天的劳累、缺水，再加上对遥远目的的深切奢望，队伍里每一个人都耗光了力气，双手掐着腰"呼呼"地喘粗气，或是干脆弯下身，手脚并用地"爬"。我"爬"了一会儿，自己觉得滑稽，偏过目光看身边的人与我如出一辙，便露出无奈疲倦的笑容，向山顶望一眼，喘口气继续爬。

　　山里的温度落下来。道路两旁的针叶林，在一块块巨大的、用石头砌成的台阶上，投下随风摇晃的影子。周围依然游人如织，挑山夫用带南方口音的普通话大叫"借过"，他们肌肉结实黝黑的肩膀上，挑着送去山里饭店的食物，或用轿子载着脖子挂金链条的大老板。

　　低下头时，匍匐在地面上的影子忽然变得轻且透明。我以为谁点亮了灯，却又诧异，明明人们累得向上爬都吃力，哪来的闲心闲力去提灯呢？抬头向上望去，方才厚重的乌云都已散尽，碧绿的山尖儿缀了一圈云彩。遥远的地平线上，夕阳忽然冒出一点头儿，光芒横冲直撞地散开。如洗的天空，远处仿若刚切开的西瓜，蓝黑、碧绿，再模糊一些是深红。

最后的余辉沾上水汽，在山里铺展开层次分明的彩虹。光芒在空气中传递，好闻的土腥气味儿在身旁浮上来，直往鼻子里钻。叶尖儿的水珠忽然开始闪烁光芒，就此带点顽皮或肃穆的味道。

不知谁是第一个，直起身子面对遥远的天空，把双手摆在嘴边扩成喇叭，"啊啊"地呐喊起来。而后四处遍及，一山的呼喊响彻天空。

山风吹过来，我从没有那样的感觉：悬在山间的目的地很近，垂在头顶的天空很近，而我们很高很高。曾经以为的遥不可及，一跨步就能到达，一伸手就能拥有。

去过凤凰古城游玩，夜幕笼罩下的古城小得像一页童话。

仍是欣赏夜景。日头疏忽没了影儿，千丝万缕在头顶飘荡的云，似乎一下子掉进石头墙的缝隙里，天空干净得很彻底。

没有星星和月亮，没有光。路边的小摊掌起灯儿，苗家银还有土家银，各种银饰堆在洁净的白布上，看去满眼闪闪发光。苗家的玩偶和各种水果制成的果铺，它们每一种都颜色鲜艳，各自拥有动听的名字。

沱江漫到虹桥这一带，忽然变得很温柔。它如遇见爱人一般，把整个身躯低下去。这里极其潮湿，桥洞下有的是青苔和软泥。卖艺的女歌手坐在道旁，怀抱着巨大的吉他悠闲地自弹自唱，声音干净，如天空一般，叫人忍不住想抓在手里。

在近水处买了两只纸船，点燃船上的小蜡烛，用手拍打水面，想叫它顺着水波，载着一豆光明，走得远一些。

鞋袜被冰凉的江水浸湿了，我抬起头，江边辉煌的灯光倒映在水里，红黄绿是主色调，落在水里被水涡搅碎。天空仍是暗淡，纸船越驶越远，在黑暗和光明的交界处，有些犹豫地晃动一下身子，光明渐渐熄灭了。

同行的伙伴碰我的肩："哎，刚才放小船下去的时候，许愿了没？"

我面对她，笑而不答，一个字也不肯轻易泄露。

我常常在学校的宿舍熄灯后，邀亲近的同学去二楼的大阳台。

阳台不算干净，洗涮后的衣鞋都晾在这里，滴在地面到处都是圆圆的水圈。我们赤膊坐在同一块本板上，身体靠着瓷瓦墙。夏夜的风把池塘里青蛙的鸣叫带出去很远。

黑炯炯的天空让人心无杂念，操场里的灯光落在潮湿空气中，光晕慢慢扩散开。星星真正是一点一点冒出来的。细小的光芒闪闪烁烁，穿越万英尺的高空，一路抵达我们眼底。在我们眨眼、低头，或注意力稍稍分散时，它们忽然成群结队地分散开，大片大片铺展在漆黑的夜空里。我仔细分辨，仍看不出人们所谓的星座，索性作罢。

月亮被捧在中央，带了红色，是一只极其暧昧的眼睛。光芒泻下来时似乎有了声音，我和朋友身体间的空隙，被明亮的回声填满。

在那个时候，我会产生错觉：这片天，这片天完完全全是属于我的。我能把它抱在怀里，酣然入睡。

你不知道，这是多么幸福的错觉啊。

我试图把每一页风景紧紧收入脑海里，然而只是徒劳。

当我因为做不出题而烦躁；因为听不懂费解的课程而把笔愤然摔在桌上；或只是因为担心搞不好与别人的关系而提心吊胆，这样的时候，一页页风景全融化成水，汇进我的脑海。

我想起曾在雨后的黄山上遇见阳光而高声呐喊；我想起曾在沱江边放下纸船，许过谁也不肯告诉的心愿；或者只是满满一天星星，我面对它们，内心安静，我可以什么都不想，也可以幻想着去把天空抱在怀里。

我曾遇见的一页页风景，原来只是在提醒自己，勿忘心安。

（作者简介见《烟花忘记了》一文）

第 4 章

烟波微蓝

以至人生成为一粒无可弥补的种子,
历经再多风霜也发不出饱满的芽,
只得来我身上寻找慰藉

烟波微蓝  ◎文/谢文艳

> 海洋在我体内骚动，以纯情少女的姿态。
>
> 那姿态从忸怩渐渐转为固执，不准备跟任何人妥协，仿佛从地心边界向上速冲的一股势力，野蛮地粉碎古老的珊瑚礁聚落，驱赶繁殖中的鲸群，向上蹿升，再蹿升，欲掴天空的脸，却在冲破平面时忽然回身向广袤的四方散去，骄纵地冲向瘦骨嶙峋的砾岸。浪，因而有哭泣的声音。
>
> 我闭眼，感受海洋在胸臆中肆意喧腾，那澎湃的力量让我紧闭双唇不敢张口，只要一丝缝，我感觉我会吐出一万朵蓝色桔梗，在庸俗的世间上。
>
> ——简媜《烟波蓝》

在回首的 20 年间，时光以漫溯的姿态向前行走，我尚知与你有着 8 年的时间未曾有过直接而真诚的交流，路是大地一道难愈的伤痕，因此人生每一步都是隐隐的痛。我踏在上面，横行霸道，年少轻狂，却忘记年华里的任性将你伤至沉默伤至无可奈何伤至无能为力，于是便索性放手任由我远去。

在已经没有你呵护的几年里，我一路横冲直撞一路伤痕累累，时光以裹挟的姿态教与我离经叛道的几年该遭遇怎样的人生去获得成长。因为不去想起，所以不曾忘记。那些你针对我而进行的一次次会话，次次因我的反驳而使你泪流满面。我们这是怎么了，明明是最亲密的关系，却进行着最陌生的交流方式，因为熟悉，所以陌生。可是我知道正是因你的话我的人生才得以扶正与救赎。可是这却是我多年以后已经忘却与你进行言语交流时才蓦然明白的。只是我想再回头时，你已经不再在那里等我以悔恨的姿态去面对你以取得宽恕。

我是有罪而得不到原宥。

我知你宠溺我，一次次放逐我任我一路奔波累了想起你臂弯时，你才露出意味深长的包容的笑。在早些年时你教会我走路，却不愿我以奔跑的速度前行，人生是该稳些，哪怕前路漫长，我也不需以急行的姿态将之走完。一面径直向前奔，将至尽头才想起风景遗忘在路边，可回首时已沧海桑田百年身。

我知你因那个疯狂且悲剧的年代已丧缺了弥补人生的机遇，以至人生成为一粒已磨损再也无可弥补的种子，历经再多风霜，也发不出饱满的芽，于是只得来我身上寻找精神的缺失与慰藉。

在我成长的年月，除了学习之外，我做任何事都未曾得到过你不皱眉目的笑：第一次男生打电话到家你的紧张甚至甚于我，而且严厉地将我交男友的路全部封死；第一次考不到第一名你淡漠的脸；第一次因贪玩而挨打；第一次你面对我唯有沉默的叹息；第一次我企图以自杀来反抗全部的妥协时你愤恨的脸悔恨的眼酸楚的泪，都在我心里镌刻如碑铭，给予我今日得以努力生活尽力扶正人生的全部支撑。在其上抒写一段墓志铭，成为年华背负里全部的承担。第一次你将我的奖状全部投掷于火中，看着瞬间灰飞湮灭的昔日荣誉，我痛得落下泪来。而你只冷冷地说都是过去已是回忆。我以今日面目回首观望昨日姿态，方才明了那内里的殷切希望。年轻，不打紧，多哭几场，多爱几个人，就老了。生活总归是好的，回忆只是遥远的伤。可步入社会这个泥潭，每个人的内心便只如枯木，昔日的凌云壮志都成了昨日黄沙之下的一坯土，漫诉着昔日英雄那遥远的未曾回归的梦想。我并不能如泥中荷花，出之尚纯洁如玉，只得以坚强姿态努力前行。

如若不停回忆过去，我尚记得那一年的暑假，我找了关系托了不想骚扰的人好不容易找好了工作，见了大堂经理，通过了面试，明天要上班了，忐忑地告知你，可是你凶了我，然后恶狠狠地说"你明天出了这个门就别再回来……"我没有错，我只是想出去，想工作，彼时开始察觉这个家于我而言太像网，我连呼吸都困难。

你大抵不知你对我的成长有着怎样刻骨却不铭心的影响，我们的矛盾由来已久，激化在内心深处，因为都是隐忍的人，于是便沉默、沉默而后更加陌生，我在杂志上写有关你的故事，可是连我都不想相信这是写给你的，所以我连让你看到的机会都没有。你对我失望对我烦躁然后讲给妈妈听，我常常于半夜时分听到你的声音，那是你的牢骚满腹，我使劲用被子蒙上头想要甩脱你的声音，然后泪如雨下。内心不是没有烦躁过，可我告诉自己，你与生俱来的好统统赋予了我我不能那么犯贱地不知好歹，即便那许多的许多不见得就是我想要的。

我是天生性格软弱，内心常因一些缺点而莫名自卑与自我困扰，甚至不愿向任何人承认自己的善，只是一味诉说着自己的不美好与恶，并因内心的缺失不断地渴望很多很多的爱，并且没来由地选择了不相信他人。我这样讲并非是要来控诉你的爱不够丰盈，而是太过于疼痛让我觉得畏惧。我真得尚不是一个好的孩子而一味地让你失了望，谁的内心愿意背负沉重，我却常因此而躲在无人的角落失声痛哭，会残忍地伤自己甚至会想到自杀来宽慰自己释放自己。那时你一定不会觉得你的教育有任何问题，我们都有着一样的性格，自傲而自怜，明明以低于他人的姿态生存，却要拼命地寻找一些只可安慰自我的理由来证明自己活得足够美好。

因着你给予的爱，因着自古而来的为父母尽孝体顺父母的传统美德，我觉得因此而负了债，因着背负便该一味地承担，可是这样漫长的时间，我为这背负着的爱而觉得疲倦而累极。我们之间时常沉默着，已经失去了语言的交流，我们终于日渐成为那些大多数的父母与孩子之间的状态。甚至很久之后的某一日，于孑然行走间，去找寻到风蚀残年里一抹孤立的黄沙刻下的眷美时刻，可是再与我们的情感无关，它已失了厚重而变得浅如纸薄。

你不会知道我于这份工作背后的亏欠，而且我也于他人前失了诚信。这也许并非你所考虑的却是我所亏欠的，我尚记得那从不大声呵斥我的人那一刻所流露的厌烦与失望令我惶恐而难过。我已经很倦了，在听你不经意间说到有多不喜欢我用稿费给你们买的礼物而指责我时，于是终于在看见某篇类似的文章时泪盈于眶，并非来自于感动，而是与某种言不明的心酸有关。我再一次向你妥协，知道你对于我此刻的厌恶与烦躁，时光尽头便是厌倦，我想自此收敛，并且尽力地远离你的视线且不迈出那扇你为我的成长设置的门，我也这样隐忍，因为我不想因为爱而负债，并因此没有了生气与厌烦的理由。那么只好给爱一个释放的理由，来让我忘记是与爱有关，就像他人一样。

《圣经》上说，爱是恒久忍耐，又有恩慈，爱是不嫉妒，爱是不自夸，不张狂……凡事包容，凡事相信，凡事盼望，凡事忍耐，爱是永不止息。

而如今长存的，有信，有望，有爱，其中最大的，是爱。

这个世界有黑暗，也有光。当我们只看见黑暗的时候，要相信，它们只是光的影子。光才是最重要的，它来自上帝，它有许许多多名字，叫美好，叫幸福，叫信任，叫希望，等等。最主要的一个名字，是爱。

我只觉得渴又乏力，我想此刻我需要的只是一个在弥留之际尚且温情的拥抱、在捉襟见肘的时候寻得稀少的慰藉。

生命的泥委弃在地面上，不生乔木，只生野草，这是我的罪过。

我知一切是爱，均是爱，才得以保全内心全部的脆弱在这个尘世得以生存。我感念于你，在两年前你长达十页的信，铺展了我与你之间全部的误解。我坐在楼顶一页一页翻过去，内心如若盛满瓷中繁花，成为成长至今最美的言语。我知我终于得以蜕变，蜕变成你想要的我的样子。那些说给树听的话，嵌在树的年轮里，随流年一点点长成参天的回忆，而我的生命里，独独是你，独独有你，将我送至彼岸，摘取彼岸花。

多年的包容终于换取你尚可满意的女儿，多年的隐忍终于换得内心全部的平和。你一步一沉默，将我送至未知前方，点头微笑，我才知爱你，这么多年。

生命中有些人是无法忘记的，他们被镌刻在生命线上，无法磨灭。让我终其一生为了这些印迹做两件事情，怀念或者寻找。

在烟波微蓝里，静穆、纯净而又迷茫，迷蒙的是你我的双眼，因着爱，竟痛得落下泪来。

作者简介
FEIYANG

谢文艳，笔名谢小瓷，女，1989 年生，性情温和，个性自我，走过一段个性使然的人生，后在父母的一再扶正之下，步入正轨。在自我的人生定义里，伤害和残缺从来都是人生的主旋律。深信一句话：生之可贵，便死之可幸。平凡女子，平凡梦想，安静写字，安静旅游看过眼风景，安静生活。（获第十三届新概念作文大赛二等奖）

病 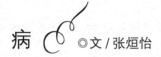 ◎文/张烜怡

绿色糖衣。像一颗豆，却不是红豆。

于是我的窃喜中掺杂了几缕相互纠缠的失落。仅是一粒药而已，每盒三板，每板十二粒。我把药盒大大方方地摆在那摞书的最上方，白色的药盒上有绿色的夸张的大字。

你看，我病了。

第一次为了吃药而积极地吃饭，甚至在睡觉前还要吃泡面喝牛奶，说明书上很明确地写着"饭后服用，每天三次"，我像被人下了蛊，一步步乖乖地顺从。我忘了我曾经很骄傲地对别人说我是从来不吃药的。

几年前看见他一手端着矿泉水一手握着几粒药，于是我小心翼翼地诚惶诚恐地轻声问他，你怎么了？

他喘了口气，鼻炎。

我听见他重重的鼻音，声音低沉得如同冬日里悲伤的小提琴曲。我若有所思，他微微一笑，像是早就洞穿了我漫不经心的语气里极力隐匿着的关心。一切的一切，他都了如指掌。

我会因为他的言行举止而惊慌失措吗？

我只是感到些许的不安。

在几年后得知我患了他的病我便暗暗地窃喜着，像是牵住了早已断裂的藕丝。因为那早已被我归为他的病，

于是独自地演化成不倒的墙根在苦苦支撑。我荒唐的思念在这小小的绿色药片上得到尽情的演绎，曾经那种微妙的恍惚的情愫在经过几年的摩擦和淡化后竟然依旧可以完好如初。

我怀念他吃药时的样子，淡若饮茶却又不经意间留下很大的鼻吸声，很重很重，仿佛是去不了根的顽疾。

我喜欢他的病，我知道它没那么容易好。我们的声音开始变得一样凝重，我拖着重重的鼻音对自己说这样会更好听。

我学习他吃药时的一脸漠然，把药盒摆在最显眼的地方，我很骄傲。

我把他的名字设为 sukida，保留他旧时的电话号码，尽管它早已停机。

爱情是可以荒唐的，不是么？

他的病，像一盏灯。

你看看被我扔在大脑皮层最黑暗的区域里的关于他的记忆就这样被灿灿地照亮了，闪闪地发出光来，刺得我害怕睁眼。

那是他离开的很久之后我才明白，或许有一个人曾经很想走进我的世界，可是他在一步步缓慢前行的过程中毫无征兆地放弃了。或许透过一个人的眼睛就可以看到结局，我们始终都要回到来的那个地方去。

于是他不会来了，我冷漠地打断了他，我明明知道自己的卑微还佯装着高傲，黑着一张欠扁的脸对着他的背影默默无言，直到街道上的行人都像潮水般层层退去，慷慨地为他腾出一条宽阔的返航之路，离我而去。

我想念他的声音，于是鼓足勇气找了一个风马牛不相及的理由拨了过去，然后我知道他停机了，他消失到我找不到的地方。

       我努力地仰着脸孔

       试着让眼泪不往下流

       别往下流

不安地感觉到什么

在我生活中不再相同

很不相同

想要说 却还沉默

伸出手 无法触碰

天空突然一片辽阔

原来你是真的已经离开我

在我不熟悉的世界

过新的生活

闭上眼 让泪水滑落

此刻你已真的永远离开我

在另外一个没有我的世界

自由地走

　　我听着这首哀伤的歌曲暗自觉得它说的像他和我，尽管我们从来没有在一起过。

　　爱情的范围是狭隘的，狭隘得冲撞了我的自尊。

　　我在 QQ 上跟他说"嗨"，就像去年冬天他在另一端对我说"嘿"一样。

　　我静静地等着他的回复，仿佛时空都凝固，可是故事像断了油的圆珠笔停滞在去年冬天不肯再往前。

　　被冷落之后，便再没有勇气。

　　我不想说话。

　　我以为我忘记了那些往事，只要没有人刻意提及它便不会萌出新芽。原来它们一直幻化成为我身体里的原癌细胞，稍稍不慎就会将它们重新激活。我又陷入对他的思念中，他的病像一颗树木中的年轮一圈圈重复，我开始疼痛，漫如光年。

　　此时我退回到远古的蛮荒和记忆的罅隙，内心无法摆脱的纠结促使我变成了黄昏时分的太阳，不久便要坠入黑暗。

我最大的坦诚就是告诉他我的不坦诚。感同身受永远都是这个世界上最虚伪的词语，无论坦诚与否，我们始终都无法触及另一个人内心的真切温度，我们永远都无法揣摩出层层包裹着的真实情感，很多期待就在这样的无能为力中剥落得丝毫不剩。对于自闭的人来说，坦诚是一种错误，那种被冷落的无力感和挫败感是最大的耻辱。

现在已经不是那样反复琢磨的时刻，我知道我们早晚会像瀑布坠入无底的悬崖，一段感情，一次信任，一次伤害，一次欺骗，一个错过如此循环反复上演，它们不同于生命，仅因为它们永存。

那是我最后一次梦见他，拉着我的手在空荡荡的马路上奔跑，我看到两旁的树木和房屋一跳一跳地向后飞跃，我们经过麦地和河流，像逆流在河底寻找出口的鱼。他的面容开始变得模糊，脸庞不再那么英俊，像渐行渐远的风筝挣扎掉了最后一根与我相连的线。

那些画面被时光的漫长和怯懦的逃避涂抹成黑白，被时光推磨，被距离辗转，被寂寞吞噬，春夏秋冬，白天黑夜。

然后他的病像划破黑暗的一声惊雷，我的思想我的愿望都挂在闪电的尖端摇摇欲坠。我又庆幸着当初我做了那么一件极端的事，以至于事到如今都没有回旋的余地。

1月18日，如果他再来，我们可能一起站在雪地里听风看雪。

1月18日，如果他再来，我第三次为他逃课，瑟瑟地立在风中看他苍白的脸。

1月18日，如果他再来，我会没有冷漠没有高傲，安静得像一面湖。

我写下这些字，当成独角戏里的最后一支舞。

Just one last dance

before we say goodbye

when we sway and turn round and round and round

it's like the first time

Just one more chance

hold me tight and keep me warm

cause the night is getting cold

and I don't know where I belong

Just one last dance

结束了，sukida，我将要回到原来的轨道上去。

我以为我像天平一样什么都在心中看得分明，你看，时过境迁。我的相思和哀愁怎样都化不成红豆那样美好的让人怜爱的事物，灰色的苦苦的药外涂抹着的是扎眼的绿色糖衣。

他的病，大概已经痊愈。

作者简介
FEIYANG

张烜怡，1993 年生，河北省承德市第二中学学生。典型双鱼座幻想主义癫狂者，极端而反复无常，多重性格不确定是不是精神分裂，崇尚黑暗和孤单，偏执认为那就是真实和自由。（获第十三届新概念作文大赛二等奖）

1、2、3，请闭眼 ◎文 / 刘文娇

　　每一场黑夜的降临，都昭示着一次白昼的葬礼，是唯美而隆重的死亡。在一片广袤的寂静无声中，黯淡了所有嘈嘈切切的喧嚣，沉默又沉默。在这没有一丝光亮的世界里，即使歇斯底里地睁大了双眼，用力到眼眶发痛，所见的，依然是苍茫无边的黑暗。我们彼此卑劣不堪的肮脏罪恶，顽童般俏皮地隐没在巨大的黑色屏障身后。于是，所有的一切都纯净了。忘却了自身存在着怎样难以言表的伤痛，丑陋的伤口因腐烂而泛着令人作呕的白色。它们狰狞且慈目地微笑，慢慢竟幻化为魔鬼苍白如雪的面庞。只是我对此感知不到。

　　有时想想自己真的是一个缺少安全感的孩子，对外界的一切充满了幼稚的怀疑和否定，所以才会热衷于躲藏光线的把戏。如同行为苟且的夜间生物，只肯将黑暗作为自己永存的归属。在那些枯燥乏味的高中生活里，无数次躲过老师警觉的目光，小心翼翼地借着围墙上狭小的石缝，老练地越过两米多高的"樊笼"。躲在位于学校西边几十米远的一间废弃的小仓库内，从而浑浑噩噩地度过自己虚无缥缈的青春年华。

　　关上那扇智障般笨重的铁门，仓库内就等于是与世隔绝了，不会有一丝明目张胆或略表喧杂的声音闯入。我总是习惯性地倚靠在冰冷干燥的墙面上，感受着空气

中浮游不定的腐朽气味，很安心地一根又一根不停地抽烟，轻微眩晕的大脑天马行空地思考种种繁芜的过往。黑暗中那些明明灭灭，闪烁着飘忽摇荡的红色光芒的烟头，在燃烧耗尽之前，小小的亮点在空中划过完美流畅的抛物线。它开心地享受这场短暂且愉悦的飞行，最终由于地心引力的死死束缚，沮丧地重重摔落在地上。火星四溅，有如飞天那支离破碎的笑容。

我怀着感伤的，沉痛不已的心情，泪流满面地为它们哀悼。

安息吧，黑暗将因为你们的消亡而美丽得更加通彻。

日复一日，没有任何波折地重复着雷同的生活。当我又一次身手娴熟的来到这个给予我无限安宁的小仓库前，伸手推门，未开。抬头查看，一把斑驳着黝黑锈迹的铁锁，突兀地悬挂在眼前。顿时被它无所畏惧的的表情激出些许愤怒，用力猛踢了它几脚，听到无辜的铁门低吼出连串沉闷的声响，抗议中却不含有丝毫想要妥协的意思。只得怒骂了几句，带着羞辱愤然离去。

沿着街道幽灵般漫无目的地四下飘荡，不知不觉中走到了郊区，宽阔的柏油路旁又出一条曲折的阡陌小道。两侧粗壮的杨树投下微颤而浓密的阴影，凉爽之感让人甚是欢喜。走在上面轻轻踢打脚下的石子，刚刚有过的愠火不经意间雾霭似的悠然隐去。沉浸于臆想中不能自拔的自己猛然从幻觉中惊醒后才发现，路，早已走到了尽头。

我看见脚下是大片大片汹涌着金黄色的麦田，它用那海洋般广阔的胸襟，大度地收容来路不明的自己。色泽亮丽的麦穗以一种眉眼低重的卑微样子簇拥在我的身边。可是那乖巧炙热的目光中，却暗含丰腴饱满的挑衅。金色的天空，金色的云层，金色的微风，金色的土地。明艳的阳光交错编织出一个华光万丈的世界，我却只能小丑一样不知所措地站在舞台中央丢人现眼。强大的恐惧感海啸般铺天盖地地席卷而来，不堪入目的伤痕瞬间泛滥在眼前。那些褐红色的疤痕蜈蚣似的扭曲着令人憎恨的身躯，不依不饶地逼问我所剩无几的羞耻。面无表情的稻草人轻轻挥舞衣袖，我明白，那是它不露痕迹的嘲讽。

阳光一边温柔和蔼地对我微笑，有如慈母般抚摸我饥渴的皮肤，一边马不停蹄地疯狂撕扯我心底对光线的坚实设防。

"放弃吧，妥协吧，"她说，"让我去融化你心底冰封的善良。"

黑暗，我一直浸溺于黑暗中，逃避。虽然安稳，但无尽地孤独。每当夜色四合后，冷意四面楚歌，禁锢我感性的灵魂。是的，我这番作茧自缚逃避了伤害。可那圈地为王，毕竟不是长久良策。春暖花开的美好我也是向往的，而谁又可以担保所见的不只是海市蜃楼，欢喜一场空呢？

我徘徊在黑暗与光明的抉择之间，犹豫不定。无助的身体因剧烈的挣扎而颤抖不已，销魂的恐惧苏打水般翻腾起层层白色泡沫。要不了多久，就只能投靠在阳光宽厚而温暖的怀抱。但我不想要那样，不想一次又一次衣不蔽体地以耻辱作为炫耀，蝇营狗苟地向世人卑微地摇尾乞怜。可是我一直追寻的那永恒的庇护，究竟谁才可以无私地馈赠？

"放弃吧，妥协吧，我的孩子。"

"放弃吧，妥协吧，我才是你真正的主人。"

"放弃吧，妥协吧，不要再抗拒温暖。"

……

咒语般无休止的呢喃使我头痛欲裂，它们贪婪地侵蚀我摇摇欲坠的信念。城堡的大门已经开始松动，倔强的坚守即将瓦崩土解。我迎着光线绝望地闭上了双眼，既然结局已坚定地无法逆转，就让失败因螳臂当车的不自量力而更加惨烈地来临吧。

所有刺目的光芒瞬间荡然成乌有，恍惚间画出无形的牢房。花朵因炙热的烧烤而迅速枯萎，土地皲裂，宇宙荒芜。凛冽的鲜血在无边的荒野上四处蔓延，腥红的地毯上聚集了成群无家可归的幽灵在翩然起舞，四下游离的挽歌在悲寂中浅唱低吟。

原来这才是真实面目的光明，无关温暖，无关善良。它苟且地蒙蔽了我对虚假的认知能力，从而伪装出美好纯真的假面，企图蛊惑我拜倒于它的石榴裙下，以臣服的姿态，顺从它的命令。露骨的阴谋背后，实际上藏匿了无尽的杀戮。这只能让我在孤立无援中，惶惶不可终日。

我轻闭双眼，小心翼翼地退出这个虚幻的乌托邦。

还好，还好黑暗并没有因我的背叛而消亡。它不咎即往，一如从前那样宠溺我的放纵。

沐浴在忧伤的千重夜色里，仿佛有流淌着凛冽的血液的，带着浓郁的腐朽的死亡气息的巨大十字架压抑在胸口，给予我重生的救赎。躲在意识的墙角抱膝而坐，每一处神经末梢盛开出大朵大朵黑色的圣莲。繁芜的无限生机，引领我迎接新一轮的重生。向死而生，向着黑暗，寻觅光明。

于是，我做了黑暗的信徒，永生……

作者简介
FEIYANG

刘文娇，笔名乔木，1994 年天秤座。疯狂迷恋着哥特文化，与文字相依为命。生活里烟、酒、书籍必不可缺。一直在找寻一个归宿，有关命运的尽头。(获第十三届新概念作文大赛二等奖)

草书  ◎文/张迹坤

谨以此文致左君。

如若时间是书写，那么，毕竟在同行的旅途之上我们曾共写一笔年轻的草书。

一

时值冬季的末尾。路旁的梧桐枝桠光秃，萧瑟地伫立在清寒之中。天色温凉，有小小的鸟雀翩然飞过头顶的小站屋檐。淡淡的阳光不紧不慢映下来，仿似一首渺远的乡谣。等候却犹若沙漏。用躁郁目送着车辆一一经过，扬起纤细可见的灰尘，缓缓地四散开去。大脑亦犹若沉陷进虚空，那一刻恍觉自己灵魂出窍。时间静止在虚无与静默的对抗之间。

那是 2010 年之初抑或是 2009 之尾，岁月仅只逾越一度春秋，我竟已无情地将之淡忘了。如是这般，我愈加疑惑，如同老师在讲台上发出的提问一般，种种缘由因果，究竟是岁月无情还是人无情……

二

破旧的小巴很是颠簸，我因困顿而瞌睡，于是伏在

凯腿上睡觉。彼时刚与凯和好，并不如初，也许，并没有所谓的初。我们彼此开着似乎并不合时宜的玩笑，打发一段在路上的行程。原来过往已不可信赖。已经很久，彼此改变，向命定的角度顽强生长。本质相似的两个人。因为相似，而芥蒂丛生，兴许这就是所谓的因同而异。彼此已沉默近一年，形同陌路。太多东西无法言说。一切都会并在渐渐改变。如同最初的人总是不相信时光的力量。

想起十八岁的冬天。是在乎的朋友，愿意诚恳以对。依旧是少年时代，不堪重负的学业与高考。千篇一律的枯燥日子。寻得空隙外出游玩。车行颠簸。浅睡里依稀听见安与景在打闹。那是少年时代的友情。

想很多，总是莫名地思考一些问题，渐失了所谓的单纯与简单。内心积累无处躲藏的情感。犹豫，矛盾。泛滥地冲撞。仿似被豢养的寻不见出口的鱼。

在凌晨会醒来，回忆穿梭于苍白的灵魂罅隙。记忆像一张洞穿的残旧网络，某些往事已逃逸。有时会有无力的挫败感。会在梦中想起他们，故人故地。相遇的情景。堆砌的课本后面开起的无聊玩笑。一起穿越冰冻的林荫去参加考试。一起吃饭。踏着夜色去五楼的舞蹈教室玩，里面陈放废弃的桌球台和电视机。只觉得空白。记忆已经空缺一个完整的定位。却信奉的是，持一颗淡泊之心，回忆也许便会予我慰藉。

我亦如此期待，这是另一个开始。不谙世事的几年前，彼时，若是我遇见现时的自己多半会嗤之以鼻，不知不觉便获得的丰盛情感，敏感而忧郁的气质，仿似一个怒气的刺猬，时刻因为防备而蓄积一触即发的攻势。

三

在超市里买了食品。巧克力，薯片，大瓶矿泉水和小瓶劲酒。打的前往南岳大庙。五岳之一的南岳，距离家乡甚近。抵达已是正午时分。

先进大庙。在侧门买票，提着香烛随人流涌进。钟磬齐鸣，青烟缭绕，肃穆与沉重感像手攥住心脏，有隐约的震颤与惊喜。想在这威严的庙门口合影，相机却突然失灵，拍摄键怎么也按不下。似是扫了兴。

在香炉前虔诚许愿，将香烛塞进香炉，烈火熊熊，火塘里隐现肃穆佛音。兴致盎然。对一切感兴趣，四处瞧看。抚摸墙壁上凸出的古钱币图案祈望好运。围着巨龟打转。庙里植被繁盛种类丰富，各色古木林立，树身被打上木牌，上注树名与树龄。参天之树，有的无法用两个拥抱丈量。

凯很兴奋。一直跃跃欲试。参看所有菩萨的庙宇。文殊菩萨，财神，观音，还有诸多不认识的仙人。镀金漆的佛像，看起来庄严气派。正堂最大的庙宇，摆放最大的佛像，两旁有护法，亦是高大威猛，虎虎生威。建筑承袭古代精湛技艺，十分精致华丽，有浓厚的中国古老宗教气质。大堂里廊柱高挺，我和凯试图合抱，依旧无法将其怀抱其中。柱上镌刻了书法，应是出自名家。安牵着景。手里大包小包提着食物。有说有笑。四人交换提包，轮流拜佛。海绵垫代替了蒲团，异常柔软。游客络绎不绝。我站在侧面，看凯双手合十靠在额上，虔诚许愿，良久。我暗自笑，用手机将之拍摄下来。这个说他不下跪的孩子。

突然想起一部关于藏传佛教的小说，在高原之巅，藏传佛教以莲花为神物，人世轮回如莲花开落。信徒在世若是灵魂圣洁，死后魂灵便可驾驭着莲台上天，与莲花一样圣洁。但是若留予无端的影像于人间，便无法安然升天抵达极乐。由此看来，人间满载的无非尽是虚无不净之物，甚至其喧嚣亦成了飞仙的阻挠。

好在，我是早不打算把灵魂升上西天极乐。凯这般打趣道。

四

疲累坐在内院的石凳上，我抬头仰望佛院里的四角天穹。凯与安在远处玩闹。任凭空虚的一刻沸腾着淹没自身意识。手中握着矿泉水瓶，使劲地，顽强抵抗突然袭来的胃痛。顽疾，多年未愈。许多游人尽兴地拍照留念。我们唯一的照片已经清洗出来，四张年轻的脸，阳光灿烂得充满陈旧感。彼时皆以为残留的影像是一种实在的纪念，不会随时间模糊或者消失。不相信它的外在形式的意义远大于一种泛滥情感的本身。

一切透着虚伪与不真实感。我记得两年前和凯的游戏。打球时，我不熟练地过人，蹭掉他手中一小块皮肉，鲜红。他的模样处在压抑与愤怒之间。他略带无谓地埋怨，下次再也不在这儿打球了。说罢，他甩开球离去。独留我的尴尬直面所有的指责。夜晚自习课上，我传去道歉的纸条，但石沉大海杳无音讯。从此分道扬镳。这般事例俯拾皆是，让我无法直视自己的原宥与被宽容。

亦是我们的年少。

五

离去。我收起照片放置在羽绒服的胸兜里。从后门出去，正对山峰入口。先吃午饭。因佛庙而发达的旅游业，沿街都是小餐馆，零售各色佛珠宝剑等纪念品，琳琅满目，忍不住驻足。安早已买下佛珠。我挑下两串，送其中一串给凯。不贵重的檀木佛珠，非常凛冽的香味。可是会在时间中慢慢变模糊。犹似记忆。

决定上山。这本是此行的目的。整理行装。与检票阿姨讨价还价。最终以半票的学生价进入。搭旅店的摩托直达半山腰。阳光温和。我与凯先上山。公路盘曲，耳边是刺激的风声。不多时便抵达旅店。店主再下山接安和景。

小店很新，三层楼的仿清真式建筑。凹凸的圆顶，有阳台。在屋边坐下，尽享冬日下午明媚的阳光。一切都带有万劫不复般的颓废感，美丽得过了分。眼前有开阔的视野，凸出几棵长势较好的虬松，在对面的山的边沿。大山深处，极致的阒静，只听见小溪淙淙的流水声，环佩叮当。

有一座石头桥。桥柱间流水蜿蜒而过，流水冰凉而清澈可饮。凯兴致异常高昂，用手机拍照。又一会儿，听见摩托的叫声。安挥舞着手臂，在对面的河岸上。会和。与店主谈好价格。在房间里脱下多余笨重的衣物。参观周围的几个景点。都是石头铺就的路面。一直向上，没有尽头。在灵芝泉买下佛像的小雕塑。一共六个。各自挑选喜欢的。一泓瀑布泻下，冰凉至极。用石头灵芝洞眼里流出的水洗手，据说这样可以洗去厄运带来祥和。拍下很多照片。去磨镜台，在小庙里拜祭菩萨。折回来看麻姑仙境。碧绿的潭水，水中伫立麻姑洁白的石像。我恍惚间觉得是梦境。这是生命中未曾有过的体验。相见恨晚。

回到小店又是一个黄昏。脱下鞋袜。味不忍闻。用热水冲洗。爬到床上躲在温暖的棉被里。三个人坐在床上打扑克，景独自在另一张床上看电视。尽兴而止。风风火火下楼去吃晚饭，脚上还是拖鞋，冷得发抖。急急忙忙吃完，上楼去。又开始。本是玩乐，我对凯的惩罚规则却颇有微词，他不乐，于是有些兴味索然，漫不经心。十一点，各自疲乏，不了了之。困倦睡去。我心中梗塞，但无从言说。

我们终究是这样的人。各自尖锐，所以不能在靠近的距离。我试图回想往日，所有的事，芥蒂或隔阂。无一例外。这是改变不了的各自性格致使与彼此南辕北辙的习惯。

六

凌晨三点。天色不明。醒来。拖沓着穿衣洗漱。通向山顶的路坎坷折远。我突然间有恐惧，吃下巧克力试图补充体力。沿路安静，彼此说笑。我心中空落，渐渐疲乏。遇到越来越多的旅客，都是上山看日出的。气喘吁吁，不停地喝水，瓶子渐空。实在坚持不下去，随地躺下来，头枕着地面，直视夜空，耳边是呼啸的越来越冷的风。而终点尚在远处。凯一直积极，劲头十足，好似永不疲乏。我无法与他说什么。感觉这自己费尽心思强求的旅程，于自身少了些意义，多了些教训。

就如同，在高中初始，我曾满心亏欠地与他说了什么，坐在他的身旁。彼此未曾直视彼此，一开始他便果断地宣告，我们并不适合做朋友，那般坚决，仿佛他是准确无误的预言家。彼时我是怀着怎样失落的心情走出来，在阳台上，那些细碎的风吹得人心凉。

七

经过南天门，抵达观日台。我与安落后。凌晨北风猎猎，十分冷冽。卖豆腐与麻辣烫的小摊周围围满人群，价格被抬升许多。凯与景已经吃得津津有味。我接过热气腾腾的豆腐，十分暖和。我叫凯买个滚烫的鸡蛋，他回答的语气却尖酸凛冽。我暗自无语，这本就是我习惯的言语。我默默吃完那一碗豆腐，转身离去。还早，我四处转转。我说。却不知该往哪儿走。留他们在一旁，我独自往上。风愈加大而冷，夹道一直蜿蜒向上。路旁有正在修缮中的庙宇，两旁的青松发出类似于兽类哼叫的声响。

这就是我想要的。我以为这会是另一个开始，却被击败了，一败涂地。

却亦无从指责，在相知相看的这些年他从未终止这般言辞的交锋，违背本心极力突出与内心相悖的东西，从而以求站在与我对立的那一面上。他从未失败，一直稳操胜券。

我默默将口袋中的劲酒倒入口中，苦涩辛辣的液体，让胸口疼痛，却十分痛快。踉跄着挪到山顶。一块偌大的石头，上刻"祝融峰"，淋漓酣畅的草书，在昏黄的灯光下反射幽幽的光，犹若一滴清晨的雨水或者眼泪流淌下来划过的粗糙痕迹，犹似我们。

不久，我竟已迷糊不堪，甚至望见的尽是原本平整的路面扭曲着的动态。我暗自感叹，宛似一个垂暮的老者，自我可怜身无分文，世态亦是悲凉。

碑上镌刻着简介，有韩愈的诗句。我喜欢。手机无法照清楚，我用手机默念着将它录下来。隐约听见安的叫声，夹杂凯的声音，我不想应。却不想让他们着急，也许怕我一人走丢。我应了一声，满口酒气扑到自个儿脸上。安跑上来，拉扯我。快下去吧，凯已经买好鸡蛋了。我兀自笑。你叫他买的吧。没有，他自己买的。安说。黑暗中，我看不清他虚伪的面色。我说，他自己饿了啊？要吃他吃我才不吃。下来，凯没有说话。我兀自玩弄手机。气氛明显是尴尬的。观日台上已经挤满了人，说说笑笑，等待朝阳破空而来。

我无法忍受，若是强装若无其事，我会更加难受，且又转身而去，独自晃到公安局。过道里亦人满为患，借此躲避寒冷。我头晕脑涨，颓丧地在一旁靠着墙坐下来，无力地。我自嘲，为何一切变成这个样子。默默喝下酒，失去感受。时间一分一秒突然加快速度。过道里声音渐少。跌跌撞撞出来，头重脚轻。天色却已然渐明，我看见他们的背影，凯环抱自己，依旧没有说话。我返回。在过道里的椅子上蜷缩着身子睡去，觉得寒冷彻骨，头却异常沉重火热，像燃烧着火焰。我自我劝慰，睡吧，醒来后就什么也没有了。

八

一直觉得孑然一身。身边没有朋友。所以一直孤独，觉得无力和颓废。倘若有，定会用生命珍惜。这亦是我曾对凯说过的话。可惜遗憾的是，无法得到或做到。这亦兴许是注定的。

曾经我满心欢喜以为已经把什么抓在了手中，那些透明的情感直截了当地化作了再无法触及的烟云，触手尽散。

就如同原本是不同道路上的人，你却希求他为你无偿地付出什么，感情抑或其他。安曾经在风云变幻的日子里告诫过我，凯是重感情的人……后话自是不用多说。我没听进去。我说，奈何我们之间没有感情。

所以还是各自珍重较好。

九

六月过后，各奔天涯，这般下来，就算是有再多苦闷再多恩怨都可以化解。

时间真的改变了什么。高考前晚，在宾馆时，他们一伙人聚集在安的房间，打打闹闹，我推开门往里看寻找亮。赫然看见凯斜躺着坐在亮的床上，看着电视。我关上门，若无其事地离开。不知何时起，若无其事竟已不用再伪装。

我一直不知道他们在何处，如若我愿意，我甚至可以主动杜绝一切流言，不去知道他们在天涯何处干着什么。在大学伊始，厄运降临时，我也没有告知任何人。在手术后直至调养结束返校，他们对此一无所知。突然懂得，对于苦难真的无需去炫耀，暗自忍受过来就已是成功的。

那天陪伴姨夫去网吧，才发现凯的留言。一如过往，简短。

最近过的好么？

我一笑置之，没有回复，一下子关闭了界面。不知不觉我们竟已20岁，在年少的十七八岁我们懵懂地去追求过什么，诸如个性、友情、极致的痛快……如今皆已云淡风轻。

若是剩余什么，我想无非是曾经努力过的那种心情依旧没有褪色。

大学的闲暇时间里，我突发了对于书法的浓厚兴趣，闲来便在宿舍练毛笔字。我兴许还一直未曾忘记年少的南岳之行中山顶赫然伫立的大石头上遒劲优美的草书。但几经操练，我最终不得不放弃了。

那笔淡泊而充斥无畏精神的草书，我是永远也学不会的……

作者简介
FEIYANG

　　张迹坤，秋天生的狮子座男生。性格里有着一半沉静与聒噪的混合体，另一半未知。很多时侯感慨此去经年里的繁盛记忆，一个印记，一种昭示，却什么也留不下。习惯朋友无止尽的包容，告诉自己要对他们好。对得起一起走过的岁月。很多年过后，我们要依旧在一起，变老，到死。（获第十一届新概念作文大赛二等奖，第十三届新概念作文大赛二等奖）

甲骨裂  ◎文/唐有强

　　我曾试图理清事物之间紧密疏离的各种关系，甚至妄图嗅清每一粒尘埃的去向。最终只能与空白冷冷照面，内心的底线再次退缩成了皲裂的龟壳。

　　事物之间总是相互影响的。我们在不断地被影响，同时也在不断影响其他人。正如安妮·迪芙兰特所言，艺术或许是在效仿生活，但是生活又在效仿电视。这并非恶性循环，最多算得上潜伏在世间的良性肿瘤。摄影师跟随光线的脚步，写作者潜入自省的腹地。这是一种难以呼吸的分解，皂玄尸骸深处往往存在隐秘的声息。

　　在这个反复无常的年度里，我的心情受到了温度与天空色差的强烈影响，无法集中注意力于一段流畅的文字里。也开始逐渐热爱残缺的东西，包括疾病和死亡。就像一块消融的冰，在战栗与寒冷中拥抱住自己流淌的血液。而这一切的热爱，只源于它们是半真实的存在。纯粹并且简单的事实，与日本的自杀率一样具有令人确切到难以置信的情感。压力与张力是日照过后的火烧云，燃烧凝聚了所有关于青春的此起彼伏。

　　我们不仅是玩物，拥有绝望到毁灭的觉悟。

　　基本上，我们能够给每个人一个大致的定位。从他（她）的服饰细节，头发颜色，面部轮廓到那人走路的姿势，

身上的气质，被告白的神情。全部的，所有的一切，拼凑了这个人物的完整版图。一切完美得像黎明时的贡多拉，轻易被相机捕捉。而在此之前，在按下快门到达这个地点前穿过的无数个昼夜更替，荆棘冷暖，以及等待。所有的，独自承受的一切只为了一个完整。这便是一个探寻者乃至每一个人所需要经历的残缺与终局。每过去一秒，每翻过一页，你便越接近终局。而结局总是非常地孤独，即使它是无可挑剔地完美。

　　而我想我已足够幸运。能感知，能承受，能前行。知足是一剂良药，亦是深刻阴影中能探着的唯一绳索。悲伤不可能形同虚设，黑暗总在白昼过后来临。它们真实，它们清寂，它们默不作声，它们早已嵌入我未生长完备的骨骼里。

　　在大部分的时间里，我沿着人行道的右侧不停行走，像一只不知疲累的斑色梅花鹿。阳光，风，灰尘，植物，车鸣，穿西装的男人，跪在路边的乞丐，它们一同涌入缓慢逆流的冷色里，于是一天就这样过去。我留恋过了这一天的时光，已经陈旧的底片再次被我的红白帆布鞋弃之身后。在因为重复而有迹可循的日子里，我一遍又一遍地信仰光与温暖，告诫自己与食物保持良好的距离。可生活更多的时候变成了侵蚀地表的海水，直白地淹没着我的每一寸呼吸。如果攀到喜马拉雅山的顶端却不能触摸天空，如果靠近卡尔卡松城堡却无法成为公主，如果抵达莫纽门特沙漠却失去了一颗质朴的心。那时的我又会变成怎样，现在的我已经成为怎样。

　　由远及进地苍老，一张德古拉般苍白的脸。

　　体育课被试卷强占的时间，化学课冒出白色蒸汽的理论实验，生物书本上大篇幅昆虫尸体的标本。

　　年少时站在操场的天台上，看着对面篮球场的少年追逐着框界范围内的橙色篮球。

　　身旁是那时的朋友。

"以后啊……还早得很呢。"

"是啊。"

季候风刮过波澜不惊的天际线。

现在的我们，还有多少期待去谈论未来。

现在的我们，还有多少资格来消磨明日。

小时候读到"少壮不努力，老大徒伤悲"就会觉得特好笑。一辈子都会觉得好笑的情绪，与老师推着厚底镜片嚷嚷着"笑什么笑"的无奈语气重叠起来，压在时光的棱角上。

"那么快，想当年在教室打的那场架……你们不会都不记得了吧？"

忘得差不多了。

"还有那时候，男生偷偷抽烟那会儿，有一人在后排玩打火机，结果烧了自己的半截眉毛，这个总记得吧？！"

"还真都挺有趣的，那时候。"

像一张永远因为破烂而显得弥足珍贵的羊皮卷。

我们的现在也会在不久后变为从前，在许多年后变为尘封的经年残卷。

我永远都不想去忘记穿着格子衬衫的少年，眉眼冷淡的少年，性格刚毅的少年，别扭却永远能给人温暖的少年，站在暗处抽烟的少年，脊背轻微蜷起的少年。

永远都不想去忘记穿着格子裙摆的少女，一言不发的少女，脾气火爆的少女，坚强却脆弱得让人心疼的少女，站在光线侧面的少女，捂住脸不再悲伤的少女。

永远都不想忘记。

我要把它们一同带走。以自私的占有状全部带走。

亦舒被人引用多次的名言：没有很多很多的爱，那么就要很多很多的钱。

可是，要是既没爱，又没钱，那会不会是最为痛苦与折磨的人生？

喜宝是个聪明的女人。亦舒亦是。只是再聪明，也聪明不过动荡无常。

人的神经如果一直处在紧绷的状态，终有一日会过于疲惫。虽然死亡是人之常情，但也显得过于仓促。

花开得早，败得也够早的。

花的姿态。花的绽放。花的绵延。花的明媚。

花的亡去。

影射出的自我，倒映在平静湖泊中倏忽而过。

去年和朋友分手，今年遇见了一个信誓旦旦认为更爱的人，明年再次分道扬镳。

所有的一切不过是幻影。抓不住的幻影。我对于时间近乎偏执的宿命感使自己无法从这个怪诞的思维方式中跳脱出来。稍纵即逝，不复存在，毁灭，真实，光。

我所仰赖的人们，好似每天都背负着"和卖西红柿的老伯讹价"这样沉重的使命在这个物欲横飞的世界里行走得小心翼翼。我的父母、朋友、同学、喜爱自己的人、自己喜爱的人，包括我自己，都是如此。没有人能够脱离这赖以生存的空气，即使说得是那么唾沫横飞，名垂千史。

都只是人而已。被诱惑，经受诱惑。被打击，经受磨练。被赞美，经受喜悦……

我们其实都一样。

所以，互相伤害，诋毁，攻击的缘由究竟是什么呢？

不是理论题，不是探讨题，不是思索题。

一个存在的疑问。强者与弱者之间的分界线。

二十四小时营业的有便利店、麦当劳、KFC、永和豆浆、KTV、网吧、酒店、车站，自助饮料机及存取款机……

在人的一生中，总有成千上万的细胞做着无止尽的运动。

在你闭上眼睛的那一秒，总会有人同你一起缓缓入眠。

这个庞大到令人窒息的世界赐予了我们生存之道，憎恶之道，感恩之道，宽容之道。

但是它总是忘记告诉我们。我们究竟以怎样的名义存在着。或者，半存在着。

当我们的骸骨与几亿年中残留下的物质一般被后来的人们做成千奇百怪的物品时，希望那时依旧是心存感激。

感激带给我们爱，带给我们温暖与感动，迷茫与失措的世界。

感激直到最后，我们依旧会以某一种形态存在于此。

"在这个世界上，最不舍得放开的那个人就是你。"

那就紧紧地拥抱着吧。

"我恨你什么都不对我说，恨你那么不在乎我，恨你没我爱的多。"

仇恨的情绪是织就恶果的丝线。

"想要坚定地守护一样东西，就要雷打不动的。只要还剩下一口气，就要继续守护下去。"

这个是承诺附加的勇气及坚强么？

"累的时候就想要休息。可是总害怕自己一放松警惕，就再也不想绷紧神经。"

我们面朝的往往不是大海，所以就看不到春暖花开么。

"就这样一直走下去就好了。"

那么，就这样一直走下去就好了。

走过贫瘠的土地，枯死的繁荣，装修精致的咖啡店，闹哄哄的集市，历史的弥迹。

在这人群行色匆匆的间隙里，你在思念着谁。

碎裂的声音，是年华容器不再繁盛的密林。

作者简介
FEIYANG

　　唐有强，生于 1994 年的水瓶男。闷骚与明骚的结合体。喜好独立音乐，因唱腔酷似苏打绿而赐名"小青峰"。文字犹爱七堇年。坚信可以用最朴素的生活跟最远大的梦想温柔地推翻整个世界。然后把这个世界变成我们的。（获第十三届新概念作文大赛二等奖）